長編小説

わが家は発情中

草凪 優

竹書房文庫

目次

※この作品は竹書房文庫のために
書き下ろされたものです。

プロローグ

平川裕作《ひらかわゆうさく》は固まっていた。金縛《かなしば》りに遭《あ》ったように指一本動かせないまま、背中に冷たい汗だけが流れていく。

自宅リビングにある食卓テーブルには、裕作を含めて五人が座っている。四人掛けのところに補助椅子を出し、しかも普段は裕作がひとりで「ぼっち飯《めし》」を決めこんでいる場所なので、満員電車さながらの圧を感じ、酸素すら薄くなっているように息苦しい。

「ほら、裕作。挨拶しろ。新しい家族として、この家に住んでもらうんだから」

父の裕次郎《ゆうじろう》が言った。父は父で、ひどく緊張しているようだった。

「どっ、どうも、裕作です……」

生まれたばかりの子鹿のように体中を小刻みに震わせながら、なんとか頭をさげた。

完全に圧倒されていた。新しい家族は三人いて、三人とも女だった。

「よろしくね、裕作くん」

柔和な笑みを浮かべ、鈴を転がすような声をかけてきたのは、義母になる佐都子《さとこ》だった。四十五歳らしいが、三十代と言われても違和感がないほど若く見える。

二時間ドラマに出てくる元清純派の熟女女優のように顔立ちは整っているけれど、ノースリーブのワンピースに包まれたボディがやたらと肉感的だから、眼のやり場に困ってしまう。前方に迫《せ》りだすように隆起しているふたつの胸のふくらみはもちろん、ヒップをはじめ下半身にもボリュームがありそうだ。

なにより、肌色の白さが際立っていた。顔、首筋、胸元、さらには二の腕が放っている透明感がすごい。エステサロンの雇われ店長をしているというから、肌の手入れに余念がないのかもしれない。

「三人も押しかけてきて迷惑かけると思うけど、言いたいことがあったらなんでも遠慮せずに言ってちょうだい。わたしたちはもう、家族なんだから……」

佐都子は笑顔を絶やさない愛想のいい人だったが、残りのふたりはそうではなかった。そっぽを向いたままいっこうに口を開こうとしないので、佐都子は困ったように眉根を寄せて彼女たちを紹介しはじめた。

「こっちは長女の香澄《かすみ》。二十六歳だから、裕作くんのひとつ歳上になるわね。ちょっと、香澄！　ちゃんと挨拶しなさい。あなたのほうがおねえさんでしょ！」

「おねえさんって……」

しらけきった顔で苦笑した香澄は、ノーブルな濃紺のタイトスーツに身を包んでいた。まだ残暑が厳しいので暑苦しい感じがしなくもないが、礼節をわきまえた真面目な人なのかもしれない。あるいは、キャリアウーマンであることに誇りを持っているのか――なんでも、有名大学を出て一流企業にお勤めらしい。

（天は二物を与えるんだな……）

裕作が卒業した三流大学ではエントリーも叶《かな》わないような会社に勤めているのに、香澄はすこぶる美人だった。母親の佐都子から清楚な部分だけを受け継いだような感じがする。つまり、色気は母親の足元にも及ばないわけだが、それでも美しさだけでこちらを圧倒できる極上の美人である。

綺麗な卵形をした顔の輪郭に、キリッと端整な眼鼻立ち。細長い首にも、手脚の長いスレンダースタイルにも気品があり、なによりストレートロングの黒髪が見たこともないほど艶々《つやつや》と輝いている。こんな同僚がいたら、毎日会社に行くのが楽しくなるかもしれない。

「あっちは妹の菜未《なみ》。二十一歳でまだ大学生」

「どうぞよろしくぅー」

紹介を受けた菜未は棒読み口調で挨拶するなりそっぽを向いたが、一瞬だけ裕作を見てニッと笑った。

（こっ、小悪魔だ……妹は小悪魔だぞ……）

真面目そうな姉とは対象的に、菜未は可愛いタイプだった。そこにいるだけで場を華《はな》やかにする輝きがある。綺麗な栗色に染められた長い髪を内側にカールさせ、ワンピースはラブリーなレモン柄、つけられるところにはすべてつけているアクセサリーが、やたらとキラキラ輝いている。

まるで合コンに参加するような格好だった。どう考えてもこの場に相応《ふさわ》しくなかったが、あまりにチャーミングなので文句も言えない。

姉の香澄が母親から清楚さを受け継いでいるなら、妹の菜未は可愛らしさと色気を受け継いでいた。合コンの席に彼女のようなタイプが現れたら、間違いなく主役になるだろう。

「まあね……」

父がコホンと咳払いしてから言った。

「いきなり今日から家族ですって言われても困るだろうけども、もうみんな大人だし、気楽な同居人って感じでやってくれればいいから。わかるよな、裕作」

「あっ、いや……」

裕作はしどろもどろになるしかなかった。父は美容関係の機器を扱う小さな会社を経営しており、平日は接待で午前様、週末は地方に出向いて商談という生活をもう長いこと送っている。貧乏暇なしという感じで、裕作が子供のころからあまりに家にいなかった。

仕事に忙殺されている父親なんてべつに珍しくもないだろうが、平川家は父ひとり息子ひとりのシングルファザー家庭。「いつもひとりで淋しくない？」とよく心配されたけれど、裕作はひとり遊びを苦にしない子供だった。むしろ、親のいない家で自由を満喫していた。マンガにアニメにゲームにＹｏｕＴｕｂｅ——ネットさえ繋《つな》がっていれば、この世は天国である。

裕作は最近、とある事情から勤めていたファミリーレストランをやめてしまい、無職の身分だったが、自宅の居心地があまりにもいいので、再就職活動をサボったまま気がつけば半年が経っていた。

そこに訪れた青天の霹靂《へきれき》が、父の再婚……。

正直、「五十五歳にもなって再婚かよ！」と内心で呆れていたし、義母になる女性がふたりの連れ子を伴って同居するという話を伝えられたときは、驚愕のあまり腰を抜かしそうになった。

そんなことになったら、自分だけのおひとり様天国が崩壊してしまう。風呂上がりに全裸でうろうろしていることもできなくなりそうだが、抵抗すればこちらが追いだされてしまいそうだった。

「できればおまえには独立してもらいたいけど、その調子じゃ結婚はおろか、就職もままならないだろうしな。家にいるのはかまわないけど、頼むから仲よくやってくれよ」

「……うん」

平川家の自宅は練馬区の私鉄沿線にあり、交通の便がいいわりには広々とした一戸建てだった。二十年以上前に建てたときはまわりが野っ原ばかりだったらしく、土地も安かったのだろう。

ほとんど家に帰ってこない父と息子のふたり暮らしなのに4LDKもあるから、無駄に広い、といつも思っていたのは事実だ。しかしまさか、こんな形で空いている部屋が埋まることになろうとは夢にも思っていなかった。

第一章　義姉の淫らな裏の顔

1

（まったく最悪な展開だよ……）

二階にある自室に戻った裕作は、ベッドに寝転んで天井を見上げた。やれやれと深い溜息をついたところで、この先の生活への不安は拭いきれないものがある。

義母になった佐都子も、義理のきょうだいになった香澄や菜未も、悪い人には見えなかった。とはいえ、子供のころからほとんどひとり暮らしのようだった自由気ままな生活が、彼女たちの出現によって崩壊してしまった。

しかも、裕作には女に対する強い苦手意識がある。昔からそうだったわけではなく、つい最近、そうなった。

裕作は半年ほど前まで、市ヶ谷のファミリーレストランで働いていた。学生時代からその店でバイトを始め、卒業後はそのまま就職した。バイト時代を含めるとキャリア五年になる古株だったので、後輩にあたるバイトの学生をまとめるリーダー的な立場だった。バイトの学生なんて右も左もわからないから、口を酸っぱくして小言だって言わなければならない。

自分もそうやって接客業のイロハを学んだから、裕作も事あるごとに細かく指導していたところ、バイトの女子たちから嫌われた。

「なんなのあの人、偉そうに」「そんなに歳も違わないのに、上から目線がすごくない？」と煙たがられるのはしようがないが、最終的には「あの人って、うちらのこといやらしい眼で見てない？」とまで聞こえよがしに言ってきた。

昨日まで女子高生だった連中の生意気な態度に唖然としつつも、仕事だからとそれまで通りに接していると、ロッカーの中の制服を捨てられるとか、靴の中にコーヒーを流しこまれるなど、幼稚な嫌がらせが始まった。

思いあまって店長に相談してみたところ、「おまえの指導が悪いんだろ」とけんもほろろ。あとで知ったことだが、店長は新人バイトのひとりとデキていた。店長は既婚者にして子持ちなので、許されざる不倫である。

さすがに絶望して、五年勤めた店をやめ、自宅に引きこもった。女嫌いの人間不信に陥りそうだった。いや、実際に陥っていたと言ってもよく、傷ついた心を癒やすためには少しの休息はやむを得ないと思った。

とはいえ、さすがに半年は長すぎる。

最近では、大人になっても自立できず、実家の子供部屋に住みつづけている大人のことを「子供部屋おじさん＝こどおじ」と揶揄《やゆ》する風潮があるが、このままでは自分も「こどおじ」まっしぐらではないか？　と不安を感じない日はなかった。なんとかしなければならないのだが……。

（はあー、しょうがない。就職活動でもしてみるか……）

とりあえず最初の一歩を踏みだしてみようと、起きあがってパソコンの前に座った。

クリックひとつで人気アニメが再生され、ゲームを始められる魔法の箱だが、就活にもなくてはならないツールである。

しかし、大学卒業時に就活を経験していない裕作なので、五分でうんざりしてしまった。うんざりしている場合ではないのだが、まずはエロい動画でも鑑賞して集中力を養おうと、アダルトサイトに向かう。

ファミレスの新人女子たちにいじめられ、女嫌いになったところで、性欲まで減退したわけではなかった。彼女のいない二十五歳男子の性欲は、そんなに甘いものではない。リアルな恋愛からは遠ざかっていても、一日一回、時には二、三回もオナニーしている。

裕作が好むＡＶ女優のタイプは昔から変わらない。「大人の女」である。可愛いタイプも嫌いではないが、エッチな動画を見るなら、美人タイプで、分別がありそうで、軽い下ネタジョークにも眉をひそめそうなお堅い女がいい。

もちろん、濡れ場とのギャップが激しいからであり、エッチなことなど小指の先ほども興味なさそうなお澄まし女が、エッチに溺れていくところが見たいのである。

（おおっ、この人、新人なのか？）

サムネイルをクリックして拡大すると、まがうことなき「大人の女」が画面に現れた。有名な熟女レーベルの新人さんだった。最近のＡＶ女優は、三十代、四十代の熟女でも、生活感漂うおばさんなんてあまりいない。

誰もが美人でスタイルも崩れておらず、「えっ？　どうしてＡＶ女優なんかに？」と驚愕してしまう容姿の人ばかりだ。しかも、キャリアウーマンとか、ＰＴＡで役職に就いていそうとか、ちゃんとした社会活動を営んでいそうなのに、裸になったら獣《けもの》になる。たぶん、セックスが好きで好きでしかたがないのだろう。

（たまんないな……）

画面の中の「大人の女」は、ノーブルな濃紺のタイトスーツに身を包んでいた。着衣の上からでも、スタイルがいいのがわかる。もうすぐこのスーツを脱がされ、百戦錬磨の男優のエロエロ愛撫に翻弄《ほんろう》されるのかと思うと、ごくりと生唾《なまつば》を呑みこまずにはいられない。

(下着は何色かな？　清楚な水色、高貴な紫、熟女なのにあえて穢《けが》れを知らないような純白……うーん、燃えるようなワインレッドも捨てがたい……)

だがそのとき。

トントン、と扉がノックされ、前のめりで画面を見ていた裕作の背筋はビクッと伸びあがった。いままで誰もいない戸建ての家にひとりきりという環境で過ごしてきたので、AVを観るときにイヤホンを使う習慣がなかった。あわてて画面を閉じようとしたが、その前に扉が開いた。

「ごめんなさい、ちょっといいかしら？」

入ってきたのは、義姉の香澄だった。ノックをされたあと、こちらは「はい」とも「どうぞ」とも言っていない。いきなり入ってくるなんてマナー違反なのでは？　と裕作は泣きそうな顔になった。

「なっ、なんですか？　僕はいま忙しいんですけど……」

「忙しい？」

香澄は鼻で笑いながらパソコン画面に眼を向けた。画面に映っているAV女優は、まだいやらしいことをしていなかった。濃紺のタイトスーツ姿でインタビューに答えている。

——オナニーは週に何回くらいします？

——うーん、そうですねえ、だいたい週に八回くらいかしら。

「ＡＶ観るのに忙しいわけ？」

「あっ、いやっ……」

裕作はマウスを握りしめて画面を閉じようとしたが、手指がぶるぶる震えているせいで、思ったようにカーソルがコントロールできない。

「いいのよ、べつに……」

香澄は柔らかな笑みを浮かべて言った。

「わたしだって子供じゃないんだから、男の人がＡＶを好きなことくらい知ってるもの。そういう欲望がないほうが、むしろ不健康よね？」

「そっ、そうですか……」

香澄のやさしげな態度に、裕作はほんの少しだけ救われた。

「そうよ。アニメの美少女にしか欲情しないとか、地下アイドルに貢いでるとかだと問題でしょうけど、ＡＶ観るくらいは、ね。しかも……」

香澄は意味ありげに口の端で笑った。

「そういうタイプが好きなんだ？」

画面に映っているＡＶ女優と香澄は、似たような濃紺のタイトスーツを着ていた。

香澄のほうがやや若いが、タイプ的にも似たような感じである。

「その人がエッチしてるところを見て興奮するってことは、わたしもストライクゾーンに入っているのかしら？」

香澄が満更でもないという表情で言ったので、

「いやいやいや……」

裕作はあわてて首を横に振った。

「こういうタイプの人は、リアルには関わりがないですから……ドリームというか、ファンタジーというか、画面の中だけで恋しているというか……」

「ふうん……」

香澄は一瞬つまらなそうに唇を尖《とが》らせたが、

「つまり、現実と虚構の区別はついているのね。いいじゃないの。仕事をやめて半年も引きこもってるっていうから、こどおじだったらどうしようって心配してたけど、いちおうまともみたいね」

「まっ、まともっていうか……」

こどおじ呼ばわりされたショックに、裕作は眩暈《めまい》を覚えた。二十五歳の健全な青年をつかまえて、おじはないだろう。おじは……。

しかし、言い返そうとした裕作を制して、香澄が訊ねてきた。

「彼女はいるのかしら？」

「はあ？　なんですかいきなり……」

「いるのかいないのか、端的に答えて」

「ううっ……ぐぐっ……」

裕作が答えられずに唸っていると、

「わたしはね、心配してるの……」

香澄は急に諭《さと》すような口調で言った。

「母の結婚にはわたしもびっくりしたけど、兎《と》にも角《かく》にもひとつ屋根の下で暮らすことになったわけじゃない？　わたしみたいな才色兼備な妙齢美女と！　妹だってまあ、そこそこ可愛い部類に入るでしょうから、トラブルが起こりそうな予感がしてしようがないのよ」

「……どういう意味ですか？」

「お風呂をのぞかれたり、下着を漁《あさ》られたり、なんならふたりきりのときにむしゃぶりつかれたりしたら困るって言ってるの」

「濡《ぬ》れ衣《ぎぬ》です！」

裕作は顔を真っ赤にして立ちあがった。

「たっ、たしかに僕は、自分の部屋でこっそりAVを観ているようなスケベ野郎かもしれません。香澄さんや菜未さんが魅力的だって話も、まあそうかもしれない。でも……でも、のぞきや下着泥棒……ましてやレイプまがいのことをするような、僕はそんな卑劣な人間じゃありませんから！」

脳裏には、ファミレス時代の新人バイト女子たちが去来していた。「平川さんは、うちらをいやらしい眼で見ている」という根も葉もない噂を流され、それまで仲よくやってきた他のバイトにまで距離を置かれたのだ。新人バイト女子の中には、店長と不倫している不届き者までいるのに……。

「あのね、いつだって最悪の事態を想定しておくのがリスクヘッジの基本なの。あなたに濡れ衣を着せてるわけじゃなくて、トラブルの種は未然に摘《つ》んでおきましょうっていうのが、わたしからの提案」

「しませんよ！　のぞきや下着ドロなんて！」

「それで、彼女はいるの？」

香澄はあくまで冷静に訊ねてきた。

「いるのかいないのか、それだけははっきり答えて」

「……いませんよ」

裕作はぶんむくれて答えた。

「やっぱり」

香澄は満面の笑みを浮かべて手を叩いた。

「そうだと思ったのよ。見た目はまあ普通だとしても、無職のこどおじだもんね？　いるわけないわよね？　彼女なんて」

「ひどくないですか？　僕まだ二十五歳なので、こどおじは……おじさん呼ばわりされたくないっていうか」

「言葉尻はどうだっていいのよ。そんなことより、彼女がいないなら、さっさとつくりましょう。わたしが協力してあげるから」

「はあ？」

「彼女ができれば、わたしたちのこといやらしい眼で見ることもなくなるでしょう？　これはリスクヘッジであると同時に、姉からのギフトだと思ってちょうだい。わたしの友達に彼氏募集中の子が何人かいるから、近いうちに連れてきてあげる……まあ、ホームパーティふうの合コンね。真っ昼間からAVなんて観てないで、少しはモテるための努力をしておきなさい」

香澄はどこまでも上から目線で言い放つと、呆然と立ち尽くしている裕作をよそに、つやつやした長い黒髪を翻《ひるがえ》して颯爽《さっそう》と部屋から出ていった。

2

数日後――。

よく晴れた日曜日の午後に、香澄は友達三人を自宅に招いた。香澄の友達だから、頭もよさそうなら意識も高そうだった。

父はいつも通りに地方出張で、義母も雇われ店長をしているエステサロンのシフトに入っているとかで不在、義妹の菜未も朝から姿を見かけなかった。つまり、家にいるのは裕作と香澄、そして彼女が招いた女友達三人だけである。

「ちょっと、裕作くん。小皿が足りない」

「パテを取るバターナイフないかしら？」

「新しいボトル抜くから、ワイングラスを大急ぎで洗ってちょうだい」

香澄に命じられ、裕作は小間使いのように台所と食卓を行き来させられた。なんでも、香澄は料理の類《たぐ》いがいっさいできないらしく、「あなた、ファミレスで働いてたんでしょ？」と給仕係を押しつけられたのだ。

香澄を含めた四人の女は食卓に陣取り、デパ地下で買ってきたらしき高級総菜をつまみに、ワインを飲んでいる。優雅と言えば優雅だが、裕作にはやさしい言葉ひとつかけてくれないので、次第に苛々してきた。

(なんなんだよ、もう。なにが合コンだよ。自分たちばっかり、浴びるように酒を飲んで……

ただ、そうは言っても、いきなり合コンふうに席をセッティングされたら、それはそれで大いに困惑しそうだった。

予想はついたことだが、香澄の友達は頭もよさそうなら意識も高そうなだけではなく、美人だった。そもそも綺麗なうえ、メイクや装《よそお》いに一分の隙もない「大人の女」で、AV女優ならいいけれど、リアルな恋愛など想像もできないような高嶺《たかね》の花ばかりなのである。はっきり言って、相手にされるとは思えない。

(もういいよ、俺なんてパシリでけっこう。義理でもいちおう弟だから、せいぜい可愛い義弟を演じてやるさ……)

開き直った裕作は、ファミレス時代を思いだしてきびきびと働いた。出来合いの総菜ばかりでは味気ないだろうと、お手製パスタを振る舞うサービスまでしたのだが、一方の女たちは二時間あまりでワインボトルを五本も空け、次第に酔っ払っていった。

顔を真っ赤にしていちばん酔っているのは、他ならぬ香澄だった。

「ちょっと裕作くん!」

台所で洗い物をしていると、香澄に呼ばれた。

「……なんですか？」

濡れた手をタオルで拭いながら食卓のほうに向かうと、

「いつまでキッチンに閉じこもってるのよ。こっちに来て一緒に飲みなさいよ」

香澄の眼は完全に据わっていた。

「いやいや……そのう……僕はお酒が苦手なので、どうぞみなさんで盛りあがってください」

裕作は思いきりひきつった笑顔で答えた。酒が苦手なのは嘘だったが、泥酔度マックスの女の園に入り、にこやかに盃《さかずき》を酌《く》み交わせる度胸なんてあるわけがない。

「はあ？　なに言ってるの。あなたのために用意した席でしょうが」

「いや、でも……」

「ここにいるのはわたし以外、みんな恋人募集中なのよ。いいなと思った人がいたら、積極的にアプローチしなきゃダメじゃないの」

「裕作くんもぉー、恋人募集してるのぉー？」

女友達のひとりが訊ねてきた。彼女もまた、香澄に負けず劣らず酔っていて、呂律《ろれつ》がまわっていなかった。

「ええ……それはまあ……」

「わたしたちくらいの歳になると、もう無駄な恋愛はしてられないのよねぇー。付き合うとなったら、結婚を前提にしてくれないと。それで、結婚を意識するとなれば、なによりも重要なのは条件じゃない？」

「そうそう……」

別の女友達が話を受けて続ける。

「裕作くんって、お仕事なにしてるの？」

「年収は？」

「大学どこ？」

「貯金はしてる？」

「結婚指輪はやっぱりハリー・ウィンストンよね」

「挙式は絶対ハワイがいい」

「わたしはイタリアがいいなあ」

「ちょっと、ちょっと」

香澄が苦笑まじりにとめに入った。

「あんまりうちの弟、いじめないでもらえる？　二十五歳の彼に、指輪はハリー、挙式は海外とか言ったって、そんなお金あるわけじゃないじゃないの？　まずは人柄でしょ、人柄」

「よく言うわよ」

女友達が揃って失笑した。

「付き合う男の条件にいちばんうるさいのは、香澄、あんたじゃないの？」

「そうそう、ファーストデートでファミレスに連れていく男なんてあり得ないとか、Xでディスりまくってなかった？」

「プレゼントはハイブランド以外認めないとか」

「馬鹿な男は大嫌いだし」

「おまけに面食いでね」

「そんなことないでしょーが！」

女たちが香澄の過去の男遍歴について盛りあがりはじめたので、裕作は静かにその場を離れた。台所に戻っても洗い物を続ける気にはとてもなれず、冷蔵庫から缶チューハイを何本か取って、二階の自室に向かった。

（やってられないよな、まったく……）

缶チューハイをぐびりと飲んだ裕作は、ふうっと深い溜息をもらした。

香澄がホームパーティふうの合コンを開催してくれると言いだし、九割方は困惑していたが、一割くらいはなにかを期待していたのだ。

突然義姉となった香澄が、冴えない義弟の彼女づくりにひと肌脱いでくれようと思ったのは本当だろう。たとえ、やりたい盛りの男子とひとつ屋根の下に暮らすためのリスクヘッジだとしても、こちらにお似合いの女の子を連れてきてくれたら嬉しいなと、思っていなかったと言えば嘘になる。

なのに……。

（あんな怖そうな女ばっかり連れてきて、うまくいくわけないじゃないか……）

どう考えても、香澄とその女友達は、酒の肴《さかな》にモテない男をからかってやろうとしていた。ここはもともと裕作の家であり、香澄は父の再婚に乗じて転がりこんできた立場のくせに、これはあまりにもひどい仕打ちではないか？

一本目の缶チューハイがあっという間に空になってしまい、二本目に突入した。

（やっぱり、女なんて関わらないほうがいいんだ。リアルに関わらなくたって俺にはAVが……）

パソコンの電源を入れようとして、思いとどまった。階下から四人の女のかしましい笑い声が聞こえてきたからだ。いまもしAVを鑑賞しはじめ、イヤホンをして画面に集中し、興奮にまかせてオナニーを始めてしまったりしたら……。

香澄は、ノックの返事も待たずに扉を開けるような女だった。最中に踏みこまれたりしたら、赤っ恥では済まない大惨事が訪れるだろう。香澄ひとりならともかく、女友達まで連れてきたりしたら……。

「やだもう、AV観ながらオナニーしてるの？」

「顔真っ赤にしてオチンチンしごいて、お猿さんみたい」

「ほら、みんなで見ててあげるから、射精してみなさいよ。興奮するでしょ、わたしたちみたいな美女に囲まれてオナニーするの」

寄ってたかっていじめられている場面を想像すると、体の震えがとまらなくなった。高嶺の花と言っていい「大人の女」四人に囲まれてペニスをしごくのは、たしかに興奮しそうだった。そういう状況になってしまえば、行為をやめる自信がない。

だが、事後に待っているのは、「人前で自慰をし、射精をする恥ずかしい男」というレッテルであり、軽蔑と冷笑の嵐だろう。

AV女優が演じる「大人の女」はやさしいが、現実世界の「大人の女」は恐ろしい。男としてのプライドはズタズタにされ、その後、香澄と顔を合わせるたびに泣きたくなるに違いなく、自分の家なのにコソコソしなければならなくなりそうだ。

（あの人たちが帰るまで、待ったほうがいいな……）

AVを観て憂《う》さを晴らしたいのは山々だったが、ぐっとこらえて缶チューハイを呷《あお》った。二本目の缶も空にすると、ベッドに横たわりふて寝を決めこむことにした。

（……ええっ？）

3

夢とうつつのあわいにいた裕作は、下半身に違和感を覚えて身をよじった。下半身というか、はっきり言って股間である。

最初は夢かと思った。ちょっとエッチな夢を見ていたからだ。「大人の女」にリードされ、ベッドマナーのイロハを教わる夢である。

かろうじて童貞ではないものの、裕作の女性経験は二十五歳にしてはとても貧弱なものだった。

大学に入学し、モテたい一心で入ったのは超絶軟派なイベントサークル――目論見《もくろみ》通り、ヤリマンとサセ子の温床だった。どちらもセックスへのハードルがひどく低い。ただし、ヤリマンは装いが無駄に華やかなリア充であり、なんなら十代で乱交パーティくらいは経験している。

一方、サセ子は見た目が地味で、伏し目がちのおとなしいタイプが多かったから、裕作としてはサセ子に拝み倒して初体験という青写真を描いてサークルのイベントに参加していた。セックスはしたかったが、ヤリマンは圧が強くて怖かった。

しかし、何事も思った通りにいかないのが人生だ。なかなかサセ子と接近することができず、そのかわり、どういうわけかヤリマンばかりが近づいてきた。二年間のサークル在籍中、つごう三回も迫られた。

人がいなくなった大学の講義室で、サマーキャンプのテントの中で、居酒屋の入った雑居ビルの屋上で、ヤリマンに押し倒された。「女が男を押し倒すわけないじゃないか」と友達には失笑されたけれど、そうとしか言い様のない状況だった。一期一会がヤリマンの生き様なのか、それぞれ一回ずつしかしていないけれど、体位はすべて騎乗位だった。

そんな哀《かな》しい性体験しかない裕作にとって、「大人の女」にやさしくリードされてベッドマナーを教わるのは、夢にまで見てしまうほどの憧れだった。望み通りの淫夢を見る幸運が訪れたときは、仕事に遅刻するのも厭《いと》わず朝からオナニーをしたものだ。いまは無職の身なので、なにも厭わず幸運を嚙《か》みしめられる。眼が覚めたらすかさずパンツをおろす心積もりで、できるだけ長く淫夢が続くことを祈る。

しかし……。

股間の違和感は生々しくなっていくばかりで、どうにも夢とは思えなくなってきた。そもそもそれに気づいてからは、夢を見ていなかった。ハッピーアワーはもう終わってしまっていたのだ。

恐るおそる薄眼を開けると、あお向けで寝ている裕作の横、ベッドの端に腰をおろしている女がいた。濃紺のワンピースを着ていたので、それが一瞬、タイトスーツにも見え、夢の続きかと思ったが……。

「なっ、なにしてるんですかっ！」

裕作は驚愕に声をひっくり返した。女は香澄だった。泥酔しきったトロンとした眼つきでこちらを見ながら、裕作の股間をまさぐっている。決して強い力ではなかったが、やわやわと揉みしだく感じが逆にいやらしく、ズボンの中のイチモツが熱く疼《うず》きだしてしまう。淫夢を見ていたので、裕作は軽く勃起していた。それが恥ずかしくて、顔から火が出そうになる。

「ごめんねぇー」

呂律のまわってない舌っ足らずな声で香澄が謝ってくる。

「なんか、裕作くんに恥をかかせちゃったねぇー。あの子たち、見た目はいいんだけど、プライドが高くて……給仕までしてもらったのに、彼女つくってあげられなくてホントごめん……」

「いや、べつに……」

裕作はしどろもどろになった。謝るより先に、股間をまさぐるのをやめてほしかった。

「香澄さんのお友達、僕なんかが手の届かない高嶺の花ばかりでしたし……」

「でもねっ！」

香澄が遮って言った。

「裕作くんにも問題があったのよ」

「ええっ？」

「あなた、恋愛偏差値が極端に低いでしょ？　女の扱い方、全然わかってない。端的に言って、場数を踏んでないのよね。ああいうタイプの女は、なんでもいいから褒めればいいのよ。そうすると、その場じゃ澄ました顔してても、あとでこっそり連絡先教えてくれたりするもんなんだから」

「そっ、そうなんですか……」

「そうよ」

香澄が突然股間を強く握りしめたので、

「ぎゃっ！」

裕作は悲鳴をあげてしまった。痛かったわけではなく、電流じみた快感がペニスの芯を走り抜けていった。

「だからわたしが、場数を踏ませてあげる」

さわりっ、さわりっ、と股間を撫でられた。強く握られたあとだけに、フェザータッチのソフトな愛撫がペニスに染みる。

「まっ、まさか……」

裕作は眼を見開き、声を震わせた。

「いっ、いやらしいことを考えてるんじゃ……」

「考えてるわよ」

それがなにか？　という顔で香澄は返してきた。

「場数を踏むってそういうことでしょ？」

「いや、でも……僕たちはいちおう、義理でもきょうだいなわけで……」

「そうよ。ひとつ屋根の下に住んでいる義理の弟に、いやらしい眼で見られたくないのよ。そのために裕作くんにはさっさと彼女をつくってほしい。でも、場数を踏んでないからそれもままならない……ってなったら、姉のわたしがひと肌脱ぐしかないじゃないの」

裕作は啞然とした。完全に本末転倒だった。

「かっ、香澄さん、酔ってますね？」

「酔ってないわよ！」

きっぱりと言い返してきたが、立ちあがった瞬間、よろめいた。歩きだせば、ギャグ漫画のような千鳥足《ちどりあし》になりそうだった。清楚な見た目で頭のいいキャリアウーマンでも、酒癖が極端に悪いのかもしれなかった。

「裕作くん、わたしみたいなタイプが好きなんだもんねえ……」

ニヤニヤ笑いながら両手を首の後ろにまわした。ホックをはずし、ファスナーをさげ、濃紺のワンピースを脱ぎはじめる。

「ちょっ……まっ……ええっ！」

裕作が取り乱すより早く、濃紺のワンピースが床に落ちた。現れたのは、ワインレッドのランジェリーだった。ハーフカップが胸の谷間を強調しているブラジャー、股間にぴっちりと食いこんでいるハイレグパンティ……。

しかも、ナチュラルカラーのパンティストッキングまで着けていた。まだ残暑が去っていないのに、自宅でもストッキングを着用しているのは、キャリアウーマンの矜《きょう》持《じ》なのか？

理由はわからないが、裕作は女のパンスト姿にことさら興奮するタチだった。せっかくタイトスーツをピシリと決めているAV女優でも、ノーストッキングでは興醒めである。

「ううっ……」

あお向けになっていた裕作は、上体を起こして背中を丸めた。情けない格好になり、両手で股間を押さえていた。

ふくらんだ股間を見られるのが恥ずかしかったからというより、勃起しすぎて苦しかったからだ。夢にまで見た「大人の女」が、いままさにベッドに誘ってきている。真面目そうな香澄には色気が足りないと思っていたが、酔っ払っているうえに下着姿になれば、お釣りがくるほど色気がダダ漏《も》れだ。

「どうしたのよぅ？」

香澄はベッドにあがってくると、裕作に抱きついてきた。

「うわっ……」

抱きつかれた勢いのまま押し倒され、馬乗りになられてしまう。

「ねえ、チュウしよう。エッチなチュウ……」

顔を近づけられると、吐息が鼻先で揺らいだ。香澄はけっこう飲んでいたから、アルコールの匂いがした。裕作もするはずだが、こちらが缶チューハイなのに対し、彼女は高級ワイン。熟成された芳醇《ほうじゅん》な香りを振りまく真っ赤な唇が薔薇《ばら》の花びらにも見えてきて、裕作の心臓は爆発せんばかりに暴れだした。

4

香澄にズボンを脱がされそうになり、裕作は本気で焦った。

「ダッ、ダメッ！　ダメですよ、香澄さんっ！　僕たち、こんなことしちゃいけない関係なんですっ！」

「寝ながら勃起していた男が、なにカッコつけてるのよ」

「いやいや、カッコつけてるんじゃなくて、きょうだいでしょ」

「血が繋《つな》がってないんだから、きょうだいって言っても建前だけじゃない。才色兼備なこのわたしが、男と女のあれこれを手取り足取り教えてあげようっていうんだから、好意は素直に受けておきなさい」

「あああああーっ！」

ズボンを膝までおろされ、裕作は悲鳴をあげた。罪悪感もあったが、それ以上に、もっこりとふくらんだブリーフを見られたショックが大きかった。テントの先端に先走り液のシミまでできている。大学時代にもヤリマンたちに似たようなことをされたが、彼女たちは装いこそ派手だが、よくよく見れば美人でも可愛くもなかった。

一方、香澄は正真正銘の美人、いや、美人を超えた高嶺の花である。憧れの「大人の女」が、ワインレッドのランジェリー姿で男のテントを眺めている。

「わっ、わかりますっ！　わかりますよ、香澄さんっ！　香澄さんみたいに頭のいい美人は、生きているだけで疲れるんでしょう？　誰からも完璧を求められ、それゆえに溜まったストレスを、お酒で発散したくなってもしかたがないです。酔っ払っちゃうのはしかたないですが、人として越えてはいけない一線というものが……」

「勃起しながら真面目なこと言っても馬鹿みたいなだけよ」

「おおうっ！」

ブリーフ越しに隆起をむんずとつかまれ、裕作はのけぞった。

「やっ、やめてっ！　脱がさないでえぇーっ！」

ブリーフまでめくりおろされそうになったので、身をよじって抵抗する。

「ふうん」

香澄はブリーフをめくるのをやめた。それはいいのだが、片脚をひらりとあげて馬乗りにまたがってくると、息がかかる距離まで顔を近づけてきた。至近距離で笑みを浮かべたが、眼は笑っていなかった。口許《くちもと》だけで笑う、悪魔のような笑い方だ。

「パンツを脱がされたくないのね？」

「当たり前じゃないですか？」

「本当？」

香澄は意味ありげな眼つきで裕作の顔をのぞきこみながら、腰を動かしはじめた。馬乗りにまたがっている彼女の股間は、もっこりとふくらんでいる裕作の股間にあたっていた。腰を動かされると淫らな刺激が訪れた。

「あおっ……あおおおっ……」

裕作は眼を白黒させ、滑稽な声をあげた。ペニスはブリーフを突き破りそうなほど勢いよく勃起しており、香澄はパンスト姿だった。下着越しに股間をこすりつけられると、熱気が伝わってきた。股間が熱くなっているということは、興奮しているのだろうか？

（どっ、どうして？　どうして香澄さんが興奮なんて……）

彼女の言葉を額面通りに信じるのなら、目的は義理の弟になった裕作に場数を踏ませることのはずだ。しかし、興奮しているとなると、話が違ってくる。まさかこちらに好意があるのか、あるいは欲求不満が溜まっているのか――後者のような気がするが、いずれにせよ彼女の腰の動きはいやらしくなっていくばかりだ。

苦しかった。

下着越しとはいえ、熱を帯びた女の股間をこすりつけられれば、ペニスは硬くなっていくばかりで、ブリーフの生地に締めつけられる。しかも最悪なことに、今日のブリーフは小さめで股間にぴったりとフィットしているのだ。ペニスが硬くなればなるほど、締めつけられて息もできない。

かといって、興奮するなというのも無理な相談だった。香澄は掛け値なしの美人であり、第一印象では色気が足りないと思ったが、いまはワインレッドの下着姿で泥酔している。眼つきはもちろん、生々しいピンク色に染まった双頰や、半開きの唇がたつけてくる。

まらなくセクシーだ。こちらを見つめながら、股間をぐりぐりと男のテントにこすり

「ぐっ……ぐぐっ……」

苦しさが限界を超えた。勃起しきったペニスがブリーフに締めつけられているのが苦しくて苦しくて、涙が出てきそうだった。それでも香澄は容赦なく股間をこすりつけてくるし、いまにもキスをしそうなほど顔も近づけてくる。

(きっ、綺麗すぎるだろっ……)

裕作はいまにも泣きだしそうな顔で香澄を見つめた。美人というものは、近くで見れば見るほど本領を発揮するものだと思い知らされた。

美人の圧で息ができなくなり、あまりの苦しさに意識が遠くなりそうだった。いっそ失神してしまいたかった。この苦しさから逃れられるなら、意識なんて失ってしまったほうがいい。

だがもちろん、人間そんなに都合よく失神なんてできないもので、

「もっ、もう許してください……」

気がつけば口から哀願の言葉が放たれていた。

「くっ、苦しいですっ……苦しいですからっ……」

「パンツを脱がしてほしいのかしら?」

香澄が眼を輝かせて問い返してきた。

「ぬっ、脱がせてほしいです！」

裕作は反射的に答えた。冷静になって考えてみれば、パンツを脱がしてもらうより、この部屋から出ていってもらったほうがいいのだが、冷静になんてなれなかった。こちらのパンツを脱がせば気がすむのなら、もうそれでよかった。

「じゃあ、脱がせてあげるね」

香澄は勝ち誇ったような表情で裕作の上からおりると、ブリーフの両サイドをつかんだ。

「腰をあげて」

裕作が命じられた通りにすると、ブリーフがめくりおろされた。勃起しきったペニスがブゥーンと唸りをあげて反り返り、湿った音をたてて下腹に張りつく。

「少しは楽になったかしら？」

香澄がウィスパーボイスでささやきかけてきたので、

「はっ、はいっ……」

裕作はハアハアと息をはずませながらうなずいた。ブリーフからの解放感はサウナから出たときのように素晴らしかったが、それ以上に恥ずかしかった。香澄の視線が絶え間なく動き、こわばりきった裕作の顔とそそり勃《た》ったペニスを交互に見ていたからである。

「でも、まだ苦しいでしょう？」

香澄の問いに、裕作は言葉を返せなかった。たしかに、まだ苦しかった。だがそれは、小さめのブリーフに締めつけられている苦しさとは違い、欲望が爆発しそうになっているからだ。すっきりするためには、射精をしなければならない。そんなことを義姉に言えるわけがない。

「楽にしてあげましょうか？」

香澄のほうには、遠慮も節度もなかった。

「どっ、どうやって？」

裕作は脂汗《あぶらあせ》にまみれた顔を限界まで歪めた。

「セッ、セックスは……それだけはダメですからね……フェラもダメです……手コキなら……手コキで楽にしてくれるなら、ぜひともお願いしたいですが……」

自分でも、なにを言っているのかと思った。言葉が勝手に口から出ていった。しかし、こうなった以上、こちらとしても放置プレイは困る。だが、相手は義理とはいえ姉なのだ。セックスはもちろん、フェラもまずい気がした。

「手コキですって？」

香澄が眼を吊りあげた。

「あなたは義理のお姉様を風俗嬢扱いしたいわけ？」

「いっ、いやっ……決してそんなことはっ……」

美人というのは怒った顔が怖いので、裕作は情けなくたじろいだ。

「じゃあ、もういいですから……部屋から出ていってもらえれば、自分で処理しますから……」

「隣の部屋でしこしこオナニーされるの、気持ち悪いんですけど」

「じゃあ、いったいどうしろと？」

香澄は言葉を返さず口許に悪魔の笑みを浮かべると、次の瞬間、半開きにした唇から唾液を垂らした。反り返って下腹に張りついているペニスに向かい、ツツーッと糸を引かせて、勃起しきった肉の棒がテラテラと光沢を帯びるまで……。

「むううっ！」

裕作は驚いて眼を見開いたが、香澄は軽やかに身を躍らせた。再び馬乗りでまたがってくると、ペニスに股間を押しつけてきた。ペニスは下腹に張りついているから、上に乗ってきたと言ったほうが正確だろうか？

香澄はまだ下着姿だった。扇情《せんじょう》的なワインレッドのブラジャーとパンティ、ナチュラルカラーのパンティストッキング——女の秘所は二枚の薄布に防護されている。

「ぬおおおおーっ！」

香澄が腰を動かしはじめると、裕作は野太い声をあげてしまった。香澄は先ほどと同じ格好だが、こちらのペニスは剝《む》き身になった。ストッキングのナイロンのざらついた感触がいやらしすぎて、声をあげるのを我慢できない。ざらつきの向こうから欲情の熱気がむんむんと漂ってくるし、しかも、ペニスは彼女の唾液でコーティングされている。

クイッ、クイッ、と香澄がリズムカルに腰を動かせば、

「おおおっ……おおおっ……ぬおおおおおーっ！」

裕作は呆けたような顔で声をあげながら、恥ずかしいほど身をよじった。こういうプレイを、裕作はＡＶで観たことがあった。いわゆる素股——挿入せずに性器と性器をこすり合わせる一種の性感マッサージである。

（たっ、たまらないっ……たまらないよっ……）

性器同士を直接こすりあわせる素股も気持ちいいだろうが、裕作はパンストフェチだった。極薄のナイロンのざらついた感触が、眼もくらむほど刺激的だった。いけないことをしている自覚はあるのに、鼻息がどこまでも荒くなっていく。

「すごい興奮してるじゃないの？」

香澄が口の端でニッと笑った。

「あっ、いやっ……すいません……」

裕作が泣きそうな顔で謝ると、

「いいのよ。あなたが興奮すれば、わたしも興奮してくるし……どんどんエッチな気分になってこんなサービスまでしたくなっちゃう」

香澄は腰の動きをとめると、パンストのウエスト部分から両手を入れた。一瞬、なにをしようとしているのかわからなかった。彼女の穿《は》いているワインレッドのハイレグパンティは、サイドが紐《ひも》で結ばれていた。それを左右ともといて、パンティだけを脱いでしまう。あっという間に、パンスト直穿きの淫らな姿に変身する。

（うっ、うおおおおおおーっ！）

裕作は限界まで眼を見開いた。パンスト直穿きになったことで、ナチュラルカラーのナイロンに黒い草むらが透けていた。毛量が多すぎず、少なすぎず、縦長の優美な小判形をしており、美人というのはこんなところまでエレガントなのかと感嘆せずにはいられなかった。

いや、感嘆している場合ではない。いくら美しくても、そこは女にとって秘密の部分。目の前の光景が、ワインレッドのパンティを穿いていたときより、何十倍もいやらしさを増した。

しかも……。

「ああっ……」

香澄は眉根を寄せたセクシーな顔で吐息をひとつもらすと、腰の動きを再開させた。クイッ、クイッ、と腰を振るほどに、美貌が淫らに紅潮していく。性器と性器を隔てているのは、もはや極薄のナイロン一枚――香澄もまた、感じているらしい。

5

香澄が感じていることは間違いなかった。

その証拠に、眉間に刻んだ縦皺《たてじわ》は深くなっていくばかりだし、顔はおろか耳や首筋まで紅潮させて、ハアハアと息をはずませている。なにより、ざらついたナイロンの向こうにあるくにゃくにゃにした柔肉――感触もいやらしければ、とろみのある蜜もあふれてきている。唾液は乾いていく一方のはずなのに、ヌルリッ、ヌルリッ、とすべりはよくなっていくばかりだ。

(こっ、こんなっ……香澄さんがこんなことをっ……)

パンストフェチの裕作でも、パンスト直穿きで素股をするなんて、考えたこともないマニアックすぎるプレイだった。しかも、それをやっているのは、一流企業に勤めている二十六歳のキャリアウーマン――タイトスーツを着ていたときは、色気など微塵も感じさせなかったのに、義理の弟に対して変態性欲者すれすれのことをしてくるなんて、とんでもないド淫乱なのでは……。

いや、と裕作は自分の考えを打ち消した。

賢い香澄のことだから、ただ欲望のままにAV顔負けのドエロプレイを仕掛けてきたのではないのかもしれなかった。

ヌルヌルになっている女の花と、勃起しきったペニスの間には、パンストがある。陰毛さえも透けさせる極薄被膜とはいえ、その一枚があることで、セックスから逃れているとも言えるのではないだろうか？

（そうだよ……香澄さんだって、僕とセックスしていいとは思ってないんだ。パンストによって、ぎりぎり最後の一線を越えないようにしている……）

これからもひとつ屋根の下で暮らすことを考えれば、ありがたい話だった。一線だけは越えなかったという事実が、ふたりにとって救いになってくれるだろう。性器さえ結合しなければ、泥酔したうえでのお戯《たわむ》れという言い訳も通るかもしれない。

しかし……。

「ああっ、もうっ！　もどかしすぎるっ！」

香澄は欲情しきった顔で吐き捨てると、動きをとめて腰を浮かせ、自分の股間に両手を伸ばした。次の瞬間、ビリビリビリーッ！　とサディスティックな音がたった。裕作はもう少しで悲鳴をあげてしまうところだった。音そのものにも驚いたが、香澄はパンストを破ってしまったのだ。

「ふふっ、これでもう入れられるね……」

紅潮しきった顔でニッと笑いかけられ、裕作は泣きそうになった。香澄は最後の一線を守るためにパンスト直穿きで素股をしてきたわけではなく、ただ単に脱ぐのを後まわしにしていただけだったのだ。しかも、パンストを脱ぐのではなく、みずから破くというエロティックな演出まで付け加えて……。

「入れてもいいよね？」

甘い声でささやきながら、ペニスに手指を添えてみずからの股間に導いていく。

「ダッ、ダメですっ……いいわけないじゃないですかっ……」

抵抗する裕作の声に、断固としたニュアンスは一ミリもなかった。ヌルヌルの柔肉に亀頭がぴったりと密着した瞬間、パンスト越しでは味わえなかった生々しい快感がペニスに訪れ、激しい眩暈が襲いかかってきたからだった。

「ダメですっ……ダメですってばっ……」

こわばった顔を左右に振ったところで、香澄に行為をやめる気配はなかった。裕作の抵抗があからさまに口だけなので、完全に足元を見られていた。

「入れたら気持ちいいわよ……わたしね、付き合った男の人にかならず名器って言われる女なの……テンガなんか目じゃないわよ、きっと……」

腰を落とし、女の割れ目にずぶりっと亀頭を埋めこんだ。

「むぐっ！」

裕作は息をとめ、眼を白黒させた。ついに一線を越えてしまったショックに打ちのめされつつも、自称名器との結合感が気持ちよすぎて、声も出せない。香澄の中はよく濡れて、しかも熱かった。なるほど、オナホールなどとは比較にならないくらい、極上の快楽を与えてくれた。

（なっ、生で入れちゃったよ……ヤリマンたちにはゴムを被せられたのに……）

人生初の生挿入に動揺する裕作の顔を眺めつつ、香澄はゆっくりと腰を落とし、勃起しきったペニスをずぶずぶと呑みこんでいった。

「あああっ！」

根元まで呑みこむと声をあげ、艶やかな長い黒髪を翻した。一瞬ぎゅっと眼をつぶり、結合の感触を噛みしめてから、もう一度薄眼を開ける。

「なかなか立派なオチンチンじゃないの……期待しちゃうな……」

挑発的な言葉とは裏腹に、声がいやらしいほど震えていた。期待するもなにも、香澄はすでに快楽をむさぼりはじめているようだった。

「くぅうう っ……」

辛抱たまらないという風情で、香澄は腰を振りだした。股間を前後にスライドするような動きで、性器と性器をこすり合わせてきた。

「おおおおっ……」

裕作はまばたきも呼吸もできなかった。香澄の中は濡れすぎるほどよく濡れていたので、ずちゅっ、ぐちゅっ、と卑猥な肉ずれ音がたった。ヌメヌメした肉ひだが吸いついてくるような感触も、肉穴の上壁が妙にざらついているのも、名器と言われれば名器なのかもしれなかった。

だが、それ以上に、ヴィジュアルが衝撃的だった。見上げれば、長い黒髪も艶やかな高嶺の花が、いやらしいほど顔を紅潮させて腰を振っているのだ。香澄はまだワインレッドのブラジャーを着けていたが、腰を振りながらそれもはずした。小ぶりながら形のいい美乳を揺らし、ますます腰振りに熱をこめていく。

「むうう……むむむっ……」

ヌメヌメした肉ひだで勃起しきったペニスをしたたかにこすられている裕作は、次第にじっとしていることがつらくなってきた。美乳の先端で、くすんだピンクの乳首が物欲しげに尖っていた。裕作は両手の人差し指で、遠慮がちにくすぐった。

「あううーっ！」

感じているようだったので、ふたつの隆起を裾野《すその》からすくいあげ、ねちっこく揉みしだいた。先ほどまでブラジャーをしていた美乳は汗ばんで、たまらなくいやらしい揉み心地がする。揉みながら乳首をつまみ、指の間でしたたかに押しつぶしてやる。

「あぁあああーっ！　はぁああああーっ！　はぁああああーっ！」

香澄は限界まで腰振りのピッチを速めながら、眼を泳がせはじめた。半開きの唇をあわあわさせているが、言葉は発しない。なにか言いたげにこちらを見ても、あえぎ声だけを撒《ま》き散らしながら腰振りに没頭していく。

（こっ、これは……イキそうなんじゃないか？　もしくはイキたがっている……）

裕作は香澄の変化を敏感に察した。大学時代、ヤリマンたちに押し倒された経験があるから、女が絶頂に達する前兆は知っていた。ヤリマンは男が射精に至る前に、最低でも三回はイカないと気がすまない生き物なのだ。

そして、ヤリマンは騎乗位で結合したがるが、下から突きあげられることもまた、大好きだった。裕作はわけがわからないまま、騎乗位で女をよがらせるノウハウを叩きこまれていた。場数は少なくても、それにはちょっと自信があったので、試してみたくなってくる。

まずは膝を曲げ、腰を浮かす準備を整えた。大きく息を吸いこみ、胸いっぱいに新鮮な酸素を送りこむと、ずんっ、と下から突きあげた。

「はっ、はぁうううううーっ！」

香澄は眼を見開いて悲鳴をあげた。見るからに奥手《おくて》そうな裕作が騎乗位で動きだすなんて、予想も期待もしていなかったのだろう。

しかし、裕作は騎乗位に慣れていた。下から突きあげるときの最大のコツは、女の両脚を開くことだ。両膝を立てさせ、M字開脚の状態で下から連打を送りこめば、どんなヤリマンもあっという間に絶頂に達した。結合感が深まるのだ。

「いっ、いやっ……いやよ、こんな格好っ……」

男の腰の上で両脚をM字に割りひろげられた香澄は、紅潮した美貌を歪めて羞《は》じらった。しかし、みずから男を押し倒してくるような女に、羞じらう資格などあるわけがない。

(うわあっ……)

高嶺の花のはしたない姿に、裕作は眼が血走りそうなほど興奮した。香澄は全裸ではなく、パンストを直穿きしていた。ある意味、全裸よりもいやらしく恥ずかしい格好をしているうえに、みずから破った股間から露出している女の割れ目には、勃起しきった男根が深々と突き刺さっているのだ。これほど衝撃的かつ扇情的な光景は、二度と拝めないかもしれない。

(よーし、いくぞ……)

香澄が脚を閉じられないように、両膝をしっかりとつかんで押さえ、ずんっ、ともう一度突きあげる。さらに、ずんっ、ずんっ、ずんっ、と連打を放つ。ペニスが出たり入ったりするたびに、パンパンに膨張した肉の棒がアーモンドピンクの花びらに吸いつかれ、表面が蜜でテラテラした輝きを帯びていく。

「はっ、はぁおおおおおおーっ！　はぁおおおおおおおーっ！」

香澄の反応が変わった。あえぎ声は獣じみてきているし、表情もくしゃくしゃになって切羽つまっている。感じているのは間違いないようだった。

彼女が動いていたときより深く貫いている実感が、裕作にもあった。もっと奥へ、もっと奥へ、と一打一打に力をこめて、ずんずんずんっ、ずんずずんっ、と渾身《こんしん》のストロークを送りこんでいく。

「はぁあああ、届いているっ！　いちばん奥まで届いてるっ！　こんなのおかしくなるっ！　おかしくなっちゃううううーっ！」

長い黒髪をざんばらに振り乱して、香澄はよがりによがった。高嶺の花のよがる姿に興奮し、裕作も熱狂へと駆りたてられる。胸の酸素は底を尽き、息があがりそうになっても、突きあげるのをやめることができない。

「あああっ、イクッ！　もうイッちゃううううーっ！」

ビクビクッ、ビクビクッ、と体中を痙攣《けいれん》させて、香澄はオルガスムスに駆けあがっていった。絶頂に達する一瞬前の、恥ずかしそうに眉根を寄せている表情がいやらしすぎて、裕作は脳味噌が蕩《とろ》けそうなほど興奮した。

「ああぁっ……はぁあああっ……」

イキきった香澄が上体を覆い被せてくると、両手をひろげて受けとめた。義弟のペニスで恥ずかしい絶頂に達した香澄の体は、驚くほど熱く火照《ほて》って、甘ったるい匂いのする汗で素肌がじっとりと濡れていた。

第二章　義妹はエロスの化身

1

父が再婚してから裕作の日常は劇的に変化した。

五十男にしては珍しく、父は「自分のことは自分でやる」習慣が身についている人で、身のまわりのことは昔から全部自分でやっていたし、朝早く家を出ていって夜遅く帰ってくるから、家で食事をすることもまったくない。

裕作は父を世話をする必要がなかったわけだが、そのかわり掃除の類いはすべてひとりで受けもつ棲《す》み分けができ、子供がひとりで外食というのもおかしな話なので、小学校のころから炊事をひと通りこなすことができていた。

昔からの習慣なのでそのこと自体にストレスを感じたことはないが、新たにひとつ屋根の下で暮らすことになった三人の女たちは、揃いも揃って家事がまったくできなかった。いままでどうやって生活していたのか不思議になるくらい、掃除にも洗濯にも料理にも手を出さない。

いや、おそらく誰も助けてくれなければ自分でやるのだろうが、平川家には家事が得意で、なおかつ暇そうにしている男がひとりいた。

「裕作くーん、悪いけどわたしの服、クリーニングに出しておいてくれる？」

と義母の佐都子が猫撫で声で言えば、

「あっ、わたしのもお願い」

「わたしもわたしも」

義理の姉と妹もすかさず乗っかってくる。

「明日の朝ごはん、エッグベネディクトがいいなぁー」

女子大生の菜未は、食事におしゃれカフェのメニューのようなものをリクエストしてくるのが通常運転だ。食べたことがない料理でも、ＹｏｕＴｕｂｅのレシピ動画を見ればつくれないことはない。とはいえ、健康志向の義母は玄米を中心にした和食を好むし、スタイル維持に余念がない義姉は八種類以上の野菜や果物を使ったスムージーを出さないと露骨に機嫌が悪くなる。

それらをすべて提供し、あまつさえ「黒いハイヒール磨いておいてちょうだい」だの「アイロン用意して、アイロン！」だの「コンビニでストッキング買ってきて、デニール薄いやつ」だのと言いつけられ、裕作は朝からてんてこ舞いだ。

とはいえ……。

忙しくしているほうが救われるという一面もあるので、そういう状況を言下に否定することはできなかった。バタバタしていない状況で香澄と顔を合わせれば、気まずい空気が漂ってしまうに決まっているからである。


「うっ、うまいじゃないのよ……」

ヤリマン仕込みの騎乗位で絶頂に追いこまれた香澄は、熱く火照った体を裕作にあずけながら恨みがましい眼を向けてきた。まさか自分がこんなにも早く、しかも易々《やすやす》とイカされるとは思っていなかったのだろう。

「今度はこっちの番だからね……」

お返しとばかりに上から腰を使ってきた。汗ばんだ素肌をこすりつけながら、くねくねと腰を動かす香澄は異常にいやらしかったが、裕作はそう簡単には射精に達しなかった。オナニーばかりしているせいで、二十五歳の若さにして遅漏《ちろう》なのだ。なんなら、大学生のころからヤリマン殺しの遅撃ちだった。

「ああっ、いやっ……またイクッ……またイッちゃうっ……」

香澄は自分勝手に二度、三度とオルガスムスに駆けあがっていき、裕作が膣外射精を果たすまでに、つごう五回は絶頂に達した。すべてが終わったあと、延々と呼吸が整わず、十分くらいは起きあがれなかったくらいだ。

「あっ、あのうっ……」

裕作自身も賢者タイムを満喫していたわけだが、香澄が唐突に体を起こし、ベッドからおりて下着を着けはじめたので、驚いて声をかけた。こちらを力ずくで押し倒してきたようなヤリマンでも、事後の数十分は甘い雰囲気でイチャイチャしていたので、香澄の素っ気ない態度が不可解だった。

香澄は黙ってワンピースまで着て、部屋から出ていった。言葉を交わすことはおろか、こちらを一瞥《いちべつ》することもなく、ずっと背中を向けていた。

(なかったことにしよう、ってことなんだろうな……)

にわかに静まり返った室内で、裕作は深い溜息をついた。香澄はおそらく、自分で想定した以上に乱れてしまったのだ。イキまくり、汗をかいたことで、酒も抜けたのかもしれない。酔いが覚めて正気に戻れば、自分のしでかした破廉恥《はれんち》な行動に、後悔や自己嫌悪を抱くのは自然なことかもしれない。

これから気まずい関係になりそうだった。だが、時間を巻き戻すことができない以上、それはもうしかたがない。

彼女をつくろう——生まれて初めて切実に思った。

べつに香澄に言われたからではない。そうではなく、愛する恋人さえ確保できれば、血の繋がっていない新しい家族とも、堂々と対峙できるような気がしたのだ。

となると、まずは就職だった。無職の身空《みそら》で彼女募集なんて笑止千万、二十五歳のひきこもりでは、恋愛のステージに立つことなどできない。就職もできないダメ人間に、誰かを愛する資格はないのだ。

2

（そうか、今日は金曜日か……）

夜の帳《とばり》がおりるなりにぎわいはじめた六本木の街を歩きながら、裕作はひとり背中を丸めた。

行き交う人たちは、例外なく胸を張っている。これからディナーに繰りだすであろう美男美女のカップル、髪形もメイクもいかにもそれっぽい出勤前のキャバクラ嬢、それをエスコートする身なりのいい紳士――誰も彼も、この週末を謳歌《おうか》しようと期待に胸をふくらませている。

一方、裕作の背中はますます丸まっていくばかりだった。

面接に行った帰り道――ファミリーレストランで五年間働いたキャリアを活かし、

就活先を飲食関係に定めた。モテる男を目指すなら、おしゃれな街のカッコいい店がよかろうと、グルメサイトで話題になっているイタリアンバルの門を叩いたのだが、けんもほろろに断られた。

「英語はできる？」「イタリア語は無理よね？」「どこのヘアサロンで髪を整えているのかしら？」——面接してくれた女性マネージャーは、最初から完全にこちらを見下しており、終始半笑いだった。要するに「あなたはうちの店に相応しくない」ということらしい。たしかに敷居の高そうな高級店だったし、裕作はまともなイタリアンレストランで食事をしたことなど一回もなく、ミートソースとボロネーゼの違いもよくわからないから、しかたがないのだが……。

（さすがに高望みしすぎたかな。それにしたって……）

人混みを嫌って路地を曲がった瞬間だった。

「おにいちゃんっ！」

いきなり横からドンと人にぶつかられ、裕作は心臓が停まりそうになった。そのまま倒れてもおかしくないような勢いでぶつかられたのだが、倒れなかったのは、ぶつかってきた相手が腕にしがみついてきたからだ。

「まったくもうっ！　あんまり待たせないでよ。全然来ないからどうしようかと思っちゃったじゃない」

腕にしがみついてまくしたててきたのは、白い半袖ニットにレモンイエローのミニスカートの若い女——義妹の菜未だった。

裕作はびっくりして二度見してしまった。戸籍上はきょうだいでも、「おにいちゃん」などと言われたのは初めてだったし、彼女の口ぶりは待ち合わせをしていたかのようだったが、もちろんしていない。同居を始めてそろそろ二週間になるが、じっくり話をしたことすらないのである。

「おにいちゃんだって？」

ダブルのスーツを着た恰幅《かっぷく》のいい五十歳くらいの男が、眉をひそめながらこちらに近づいてきた。身なりはいいが、人相は悪い。まさか菜未は、反社の男に追われているのか？

「嘘をつくのもたいがいにしたらどうだ？　そんなふうに、見知らぬ通行人を巻きこむもんじゃない」

「はあ？　残念ながら本当におにいちゃんなんですぅー」

菜未は鼻に皺を寄せてイーッと五十男を睨《にら》むと、裕作に顔を向けた。

「そうよね？　おにいちゃん。わたしたちきょうだいだもんね？」

「あっ、ああ……」

裕作はこわばりきった顔でうなずいた。

「なあ、あんた……」

人相の悪い五十男が、裕作の肩をつかんで睨んでくる。

「本当に彼女ときょうだいなのかい？」

「そっ、それはっ……それはそのっ……」

きょうだいと言えばきょうだいだが、血の繋がりはない。面倒なトラブルに巻きこまれる義理だってあるわけがない。

「きょうだいじゃなかったらなんだっていうのよ？」

菜未が挑むように五十男を睨みつける。

「オトコだろ。彼氏はいないなんて言ってて、本当は……」

「あー、そうですか。そんなにわたしのこと信用できないならそれでいいです。もう行こう、おにいちゃん！」

菜未は裕作の腕を取ったまま歩きだし、

「ちょっと待て、コラッ！　俺がおまえにいったいいくら貢いだと……」

五十男は困惑の声をあげたが、菜未は振り返ることなく、言葉も返さずにスタスタと歩きつづけた。

「なんなんだよ、まったく……怖いんだけど……」

裕作は怯えきった顔でチラチラ後ろを振り返った。幸いなことに、男に追ってくる様子はない。

「嫉妬に狂った憐れな男よ」

菜未が吐き捨てるように言ったので、

「はあ？」

裕作は眉をひそめた。嫉妬に狂うということは、あの男と菜未の間に恋愛感情の行き来があったということか？　どう見ても五十代のおっさんと、二十一歳の女子大生が恋愛？

「もっ、もしかして……」

裕作は口ごもりつつ訊ねた。

「菜未ちゃんって、キャバクラとかでバイトしてるの？」

「してませんよ、そんなこと」

「じゃあなんであんな男と……」

「ふふふっ、パパ活も援交もしてませんよ。わたしは純粋な頂き女子。さっきの男は頂かれおじ。見た目はイキッてるけど、しょぼくれた定食屋の二代目」

鼻で笑いながら言い放った菜未が、反社と見まがう人相の悪い男より恐ろしく見えてきた。

頂き女子——昨今よく話題になるそのワードを、裕作もネットニュースなどで見かけたことがあった。

下心がある男から金を無心する若い女のことで、パパ活女子や援交女子が金の対価としてデートに付き合ったり、体を許したりする一方、頂き女子はただ頂くだけ、なにもせずに大金をせしめているらしい。

デートやセックスをしないかわりに、家族が大病を患《わずら》っているとか、借金で首がまわらないなど、情に訴える嘘をつくことから、新手の詐欺として社会問題になっており、億単位の金をせしめた不届き者が逮捕までされている。

「まっ、まずいんじゃないのか、そんなことして……」

裕作がこわばりきった顔で訊ねると、

「大丈夫、大丈夫。ものには限度があるってことを、わたしはよく知ってるから。おじが破産するようなところにまで追いこんだりしないもん」

「いや、だけど……」

「世の中には、女の子に貢ぎたいおじさんっていうのが存在するのよ。エッチなことをしてお金払うより、ただ純粋にお金を貢いだほうがピュアラブだって考えちゃうような、おめでたい人が……わたしはそういうおじたちの男心をくすぐって、ほんのちょっとだけ貢いでもらっているだけ」

ほんのちょっとと言うわりには、菜未の装いは華やかだし、アクセサリーやバッグだっていかにも高そうで、普通の女子大生には見えない。「頂き女子」同様、昨今流行《はや》っているワードのひとつに「港区女子」というものがあるが、全身ハイブランドで固めたその手のタイプを彷彿《ほうふつ》とさせる。

「そんなことより、おにいちゃん。嫌な場面に巻きこんじゃったお詫びに、一杯ご馳走させて。カラオケでも行ってパーッと歌いましょうよ」

「いやいや……」

裕作は苦りきった顔になった。カラオケなんて大の苦手だし、「おにいちゃん」と呼ばれる違和感にも困惑を隠しきれない。しかも菜未は、修羅場が終わったというのに裕作の腕にしがみついたままだから、肘が胸のふくらみにあたる。白いニットがタイトなデザインなので、たわわに実っているのがよくわかる乳房に……。

（スレンダースタイルの香澄さんは小ぶりな美乳だったけど、妹は……小柄なくせにやたらと胸が大きいな……）

一瞬とはいえ、鼻の下を伸ばしてしまったばかりに、

「あっ。ここ、ここ」

菜未に体を押されてカラオケ店に入る羽目になった。菜未が慣れた様子で受付を済ませ、エレベータで階上に向かう。

（なっ、なんなんだよ、この店は……）

部屋に入った裕作は、呆然と立ちすくんだ。いくらカラオケが苦手でも、付き合いやらなんやらでカラオケ店に行ったことくらいはある。目の前にひろがっている空間は、裕作の知る廉価なカラオケ店とはまるで様子が違った。

内装がとにかくゴージャスだし、ダークオレンジの間接照明はムード満点。やたらと広い空間に掘りごたつ式のテーブルがあり、それ以外にビッグサイズのソファまであって、なんだか高級マンションのリビングのようなのである。

「ここジャグジーバスがついてるから、さっぱりしたくなったら入ってきて」

菜未は歌うように言ったが、裕作は耳を疑った。カラオケをする店の個室にジャグジーバス？　意味がわからなすぎて頭の中に霧がかかっていく。

そんな義理の兄を尻目に、菜未はテキパキと注文をして、テーブルにシャンパンのボトルとフルートグラスが並んだ。

「乾杯！」

グラスを掲げても裕作は気もそぞろで、キンキンに冷えた辛口のシャンパンをひと口飲むまで、夢の中にいるようだった。

「うっ、うまいな、これ……」

乾いた喉に流しこんだシャンパンがあまりに美味だったので眼が覚めた。

「スパークリングワインじゃなくて、本物のシャンパンだからね。おフランスはシャンパーニュ地方の特産品」

菜未は満面の笑みを浮かべて言ったが、裕作にはスパークリングワインと本物のシャンパンの違いがわからなかった。ワインに炭酸が入っていれば、なんでもシャンパンと呼ぶのではないのか？

「それじゃあ、歌っちゃおうかな」

フルートグラスを呷ってシャンパンを一気に飲み干した菜未が、立ちあがってマイクをつかんだ。けたたましく鳴りはじめた曲を、裕作は知らなかった。とにかくリズムが速くて、ノリのいい曲だった。菜未はそれに合わせて踊りながら歌った。歌そのものは可もなく不可もない感じだったが、声音がアニメの声優のように可愛らしく、なにより踊り方が激しかった。

（おいおいっ！　見えるよっ！　見えてるだろっ！）

裕作は眼のやり場に困った。菜未が腰を振りたてると、レモンイエローのミニスカートが揺れて、下着が見えたからだ。ショッキングピンクのパンティがチラチラと顔をのぞかせ、裕作をしたたかに悩殺した。

（香澄さんも美人だけど、菜未ちゃんもなかなか……）

姉妹と言われても違和感があるくらい、ふたりはタイプが違った。美人な姉と、可愛い妹——とはいえ、裕作にとって高嶺の花という意味では、似たようなものなのかもしれなかった。

才色兼備を鼻にかけツンツンしている香澄も近寄り難いけれど、いかにもリア充、どう見てもパリピの菜未もまた、接点をもちようがないタイプなのだ。たとえ同じクラスにいたとしても、ひと言も口をきくことがなかったであろう。

「はい、次はおにいちゃん」

歌いおえた菜未がマイクを差しだしてきたが、

「いやいや……」

裕作は苦笑まじりに首を振った。

「歌は苦手なんだ。勘弁して」

「ええっ？　カラオケに来て歌わないとか、そんな人います？」

「……ごめん」

内心では「おまえが強引に連れてきたんだろ！」と思っていたが、ここは謝って切り抜けたほうが無難だろう。

「じゃあ、パス一回で一杯一気ね！」

菜未は裕作のグラスにシャンパンを注ぎ、それを一気に飲み干すのを見届けてから、二曲目を歌いだした。

可愛い菜未がパンチラつきで歌って踊っている姿を眺めているのは、悪い気分ではなかった。しかし、さすがに五曲も歌われると、裕作の視界は揺れはじめた。自分が歌うのを五回パスしなければならなかったので、シャンパンを五杯も一気飲みさせられたのである。

口当たりのいいシャンパンだが、実はワインや日本酒並みにアルコール度数が高い。ビールならグラスで五杯くらい一気しても平気な裕作だったが、シャンパンにはノックアウトされてしまいそうだった。

3

「ああー、さすがに疲れた」

ノリノリのロック調の曲を五曲も立てつづけに熱唱した菜未は、額の汗を拭いながら裕作の隣に腰をおろした。先ほどまでは向かい合って座っていたのに、いきなり身を寄せてきて、裕作は焦った。

「おにいちゃんってやさしいのね。わたしの下手くそな歌、黙って五曲も聴いてくれたの、おにいちゃんが初めてよ」

「あっ、いや……そんなに下手じゃなかったよ、声が可愛いし」

「ふふっ、やっぱりやさしい」

菜末は満足げに笑いながら裕作の肩に頭をのせてきた。

（なっ、なんなんだよ、この恋人同士みたいなムードは？　これが頂き女子のやり方か？）

身も心もこわばらせている裕作に、菜末が上眼遣《うわめづか》いを向けてくる。元が可愛いキラキラ女子だけに、ブリッ子じみた上眼遣いがやたらと似合う。

「話、聞いてもらってもいいかなあ……」

「なっ、なんだい？」

裕作は上ずった声で答えた。話を聞くのはやぶさかではないが、とりあえず体を離してほしい――そう言いたかったが、上眼遣いの圧が強くて、とても口にはできなかった。

「わたしとおねえちゃん、似てないでしょ？」

「そうね。でもまあ、そういうきょうだいも珍しくないだろ」

「お父さんが違うからなの」

「えっ？」

裕作は眼を見開いた。初耳だったからだ。

「おねえちゃんのお父さんはね、公務員。区役所とかで働いている人。すっごいイケメンだったらしいけど、堅物すぎる性格だったみたいで……それで、お母さんも疲れちゃって、おねえちゃんが三歳のときに離婚……」

「なっ、なるほど……」

香澄の父が真面目な公務員というのは、さもありなんだと思った。

「ちっ、ちなみに菜未ちゃんのお父さんは……」

「カリスマ美容師」

裕作はまじまじと菜未の顔を見てしまった。それもまた、さもありなんだ。

「昔、美容師が異常にもてはやされた時期があったらしいじゃない？　テレビでも美容系バラエティがいっぱいあったりして。その時代に大人気で、お店の前にラーメン屋さんみたく行列ができたって、美容院なのに」

「お義母《かあ》さんもエステティシャンだから、似たような業種というか……」

「どうなんだろう？　そういう問題じゃなくて、ただ単に髪を切りにいってナンパされたんじゃないかな？　超絶チャラいヤリチンだったらしいから」

「ヤッ、ヤリチンって……」

実父に対して、そういう言葉遣いはやめたほうがいいと思うが……。

「ママと結婚してからも浮気がやめられてなくて、相当泣かされたみたい。わたしにはとってもやさしかったけど……わたしが五歳のときに離婚して、おねえちゃんはもう十歳とかだったから、パパの悪事に気づいてたんでしょうね。大っ嫌いだったみたい。いっつもパパのことゲジゲジ虫を見るような眼で見てた」

「けっこう複雑なんだねえ……」

「そうでもないわよ……」

菜未はひどく大人びた表情でフルートグラスを傾けた。

「こんな話、親友にもしたことないんだけどね。おにいちゃんには言っておいたほうがいいと思って」

「どうして？」

裕作は訊ねてから、しまった、と思った。あまりに間抜けすぎる質問だった。

「いや、ごめん……家族になったからだよね。今後ともひとつ屋根の下で生きていくわけだから、親友にも言えない秘密を話してくれたというか……」

「はあ？」

菜未は大仰に眉をひそめた。

「わたしべつに、おにいちゃんと家族だなんて思ってないし」

だったらおにいちゃん呼ばわりするな、と裕作は思ったが、

「そうじゃなくて、わたしはおねえちゃんに負けるわけにはいかないのよ」

「……どういうこと？」

「おねえちゃんは美人だし、頭もいいし、うんざりするほど真面目っ子……それは認めてるし、勝てるわけないけど、ヤリチン美容師の血を引くわたしには、負けられない闘いがあるわけよ」

「……なに？」

裕作は小声でボソッと訊ねた。本当は訊ねたくなかったが、菜未が訊いてほしそうな顔をしていたからだ。

「モテよ。男にモテることにかけて、わたしはおねえちゃんなんかに負けるわけにはいかないの」

「それは大丈夫じゃないの」

裕作は苦笑した。

「だって、菜未ちゃんのほうが全然モテそうだよ。香澄さんはほら、モテるとかそういうことに興味なさそうだし、美人すぎて男も近寄り難いだろうし……」

「ふうん」

菜未は口の端でニッと笑った。顔立ちも性格もまるで違うのに、眼を据わらせたまま口許だけで笑うデビルスマイルは、香澄によく似ていた。

「おねえちゃんとエッチしたでしょ？」

「えっ……」

裕作は一瞬、絶句した。動揺を露《あら》わにしてはならないと思いつつも、顔から血の気が引いていく。

「そっ、そんな……なにを言いだすんだ藪《やぶ》から棒に……」

「わたしの眼を誤魔化せると思ってるの？　朝から晩まで男と女のラブゲームのことしか考えてなくて、手に汗握る心理戦を制しておじからがっぽり貢いでもらってる頂き女子には、恋愛偏差値四十くらいのおねえちゃんと、たぶんそれ以下のおにいちゃんがやってることなんて丸わかりなの！」

菜未は手酌でフルートグラスにシャンパンを注ぐと、それを一気飲みしてから話を続けた。

「エッチしたのは、先週の日曜日でしょ？　おねえちゃんが友達呼んで、宅飲みしてたとき。おにいちゃんに彼女をつくってあげるなんて張りきってたけど、嫌な予感がしてたのよ。おねえちゃんの友達なんて、いい歳していまだに白馬の王子様が現れるのを信じてるようなお花畑ばっかりでしょ。でも、いい大学出てたり、いい会社に勤めてたりするから、プライドが高くて手に負えない……おにいちゃんが傷つけられたりしなけりゃいいなって、わたしこれでも心配してたんだから……それがなに？　蓋を開けてみたら、おねえちゃんとおにいちゃんができてるってどういうこと？」

「いやいや……いやいやいやいや……」

裕作は脂汗にまみれた顔を歪め、必死に首を横に振った。

「ごっ、誤解だよ。僕と香澄さんは、曲がりなりにもきょうだいなんだよ。エッチなんてするわけが……」

「おねえちゃんは恋愛の場数踏んでないから、エッチした翌朝はすぐわかるの。やたらとお肌をつるつるさせて、なんならほっぺたを薔薇色に染めて、普段ならニュースキャスターのコメントに悪態つきながらスムージー飲んでるのに、あの日はやたらとご機嫌で鼻歌でも歌いそうだったもん。で、そんな浮かれポンチを見て、そわそわと落ち着かないおにいちゃん……わたしは啞然としました。なんて節操がない人たちなんだろうって、家出の計画を立てそうになりました！」

激怒モードに突入しそうな菜末を前に、もはやこれまで、と裕作は腹を括《くく》るしかなかった。かくなるうえは、認めるところは認めたうえで、少しでも傷を浅くする方向に舵《かじ》を切ったほうがいい。

「ちっ、違うんだ……あれはなんていうか、酔ったうえでのアクシデントっていうか……香澄さん、ものすごいベロベロで正体失ってたから……だからその、できてるとかそういうことじゃ全然なくて……」

「エッチしたことは認めるのね？」

菜末は裁判官のような低い声で言った。

「おねえちゃんと裸で抱きあって、気持ちよくなっちゃったのね？」

「……認めます」

裕作はがっくりとうなだれた。

「でもその……本当にお酒のうえでのアクシデントで……たぶん香澄さんも忘れてしまおうとしてるんじゃ……」

「そんなことはどうだっていいのよ！」

菜未は眼を吊りあげ声を尖らせた。

「きょうだいなんて言ったって、血は繋がってないし、最近そうなったばかりなんだから、ただの形式家族……エッチしたかったらすればいいけど、わたしが問題にしてるのは……」

菜未は言葉を切り、眼を凝らして挑むように裕作を見た。裕作はもはや、蛇に見込まれた蛙のように、震えあがることしかできない。

「わたしが問題にしてるのは、ひとつ屋根の下に若い女がふたりいて、どうしてわたしじゃなくておねえちゃんとエッチしたのかってことなのよ。おかしいでしょ？　たしかにおねえちゃんは美人だけど、わたしのほうが可愛いし、二十一歳の女子大生だし、ノリでやらせてくれそうな軽快な雰囲気だってあるし。そんなわたしを差し置いて、どうしておねえちゃんなんかとエッチしちゃったわけ？」

裕作はにわかに言葉を返せなかった。

菜未の感情は屈折しているが、わからないでもなかった。彼女はおそらく、父親が違う香澄に、深いコンプレクスを抱いているのだ。頂き女子なんてやっているのも、もしかすると真面目な姉への対抗心なのかもしれない。

4

「ちょっと失礼」

裕作は立ちあがってトイレに向かった。尿意が差し迫っていたわけではなく、とりあえず間をとりたかった。香澄とセックスしたことが菜未にバレてしまったということは、今後の人間関係に深い影を落としそうだった。その影をなるべく薄くする方法を考えなくては、父や義母に申し訳が立たない。

トイレに入り、出したくもない小水を出してから、冷たい水で顔を洗った。シャンパンの酔いはすぐにはおさまりそうもなく、顔が熱く火照っている。

（どうしたもんかな……）

鏡を見ながらこの状況を切り抜ける方法を考えてみても、酔っているのでぼんやりしてしまうばかりだった。いいアイデアを思いつかないまま、浮かない顔でトイレから出た。短い廊下の向こうから、菜未がやってきた。白いバスローブをまとっていた。頭にも白いバスタオルを巻いている。この格好はまさか……。

「ねえねえ、おにいちゃん。一緒にジャクジー入ろうよぅ」

甘ったるい猫撫で声で言いながら、腕にしがみついてくる。先ほどまでと、すっかりキャラが変わっていた。眼を吊りあげて香澄とセックスしたことを糾弾していたはずなのに、そんなことはなかったかのようなイチャイチャムード……逆に怖い。

「そっ、そんなことできるわけないだろ」

裕作は困惑しきった顔で答えた。

「入りたかったらひとりで入ってきなよ、俺は部屋で待ってるからさ」

「ひとりで入ってもつまらないもん。とっても素敵なジャグジーなのよ。見るだけでもちょっと見てみて」

強引にバスルームに押しこまれた。ガラス越しに、大きな円形の浴槽が見えた。すでにお湯は張られ、菜未が壁についたコントロールパネルを操作すると泡が立ちはじめた。マッサージ効果も期待できそうな、盛大な泡だ。

菜未がさらにコントロールパネルを操作すると、照明が消えた。一瞬真っ暗になったが、すぐに浴槽に原色の灯《あか》りがともり、はねあがる泡が赤、青、緑とめまぐるしく変化するライトに照らされる。

（すっ、すげえな……）

ロマンチックとエロティックが絶妙に混じりあった光景に、裕作はたじろいだ。ここがカラオケ店の中とはとても思えず、現実感が失われていく。

だが、たじろいでいられたのもほんの束の間、

「じゃあ、入りましょう」

菜未がバスローブを颯爽と脱ぎ捨てたので、裕作の息はとまった。菜未はバスローブの下に、白いバスタオルを巻いていた。乳房や股間は隠れているが、眼もくらみそうなほど深い胸の谷間や、いやらしいくらいむちむちしている太腿《ふともも》が露わになり、まばたきもできない。

「おにいちゃんも脱いでよ」

菜未が身を寄せてくると、いい匂いが漂ってきた。二十一歳の素肌はミルク色に輝き、甘い匂いを振りまいている。

「まさかとは思いますけど、おねえちゃんとは裸で抱きあっておいて、わたしとはお風呂にも入れないなんて、そんなことはないわよね？」

口調は甘ったるかったが、眼は笑っていなかった。拒めばこちらにも考えがある、と菜未の顔には書いてあった。いま現在、切り札を握っているのは彼女だった。香澄とセックスしたことを白状してしまった以上、その口止めのためになんでも言いなり

になるしかないようだ。

(だっ、大丈夫だよ。菜未ちゃんだって、バスタオルを巻いたまま風呂に入るんだろうし、こっちだって下を隠せば……)

裕作は必死に自分を励ましつつ、のろのろとシャツを脱いだ。ズボンを脚から抜き、靴下も脱いでブリーフ一枚になると、

「タッ、タオルないかな?」

暗い脱衣所の中で眼を凝らした。

「向こうの部屋のクローゼットにあったから、ここにはないわね」

菜未が冷たく言い放った。

「ってゆーか、まさか男のくせにタオルで前を隠そうとしてる? 情けないなあー。男だったら堂々とマッパになりなさいよ」

「いっ、いやあ……」

裕作は苦りきった顔になった。

「そっ、それは……勘弁してくれない?」

卑屈な上眼遣いを向けてみたものの、菜未には通じなかった。

「おねえちゃんとはエッチまでしておいて、わたしにはマッパも見せられないの? それって差別じゃない? え? どうなの、おにいちゃん」

「わかった、わかった……」

裕作は泣きそうな顔になって菜未に背中を向けた。

（なっ、なんで俺だけ全裸にならなきゃならないんだよ……）

幸いというべきか、勃起はしていなかった。しかし、胸と谷間と量感あふれる太腿の色香に悩殺され、疼きはじめてはいる。勃起はだけはすまいと胸に誓いながら、ブリーフをさげて脚から抜いた。

菜未は裕作が潔く全裸になったことに気をよくし、

「それじゃあ、入りましょう」

笑顔でバスルームにうながしてきた。裕作は情けなく背中を丸め、股間を隠してこそこそと入っていった。あとから菜未が入ってきた。入ってくる直前に体に巻いていたバスタオルを颯爽とはずし、脱衣所に投げてからドアを閉めた。

（うっ、嘘だろっ……）

裕作は呆然とした。

目の前には全裸の菜未が立っていた。胸の谷間の深さから、バスタオルを巻いていたときからはっきり巨乳とわかったふたつの胸のふくらみが、こちらに向かって迫りだしている。裾野にたっぷりとボリュームがあり、たわわに実ったその姿は、まさしく肉の果実。ゆうにHカップはあるのではないだろうか？

（エッ、エロいっ……なんてエロい体なんだ……）

グラビアアイドル級の巨乳なのに、やたらと腰がくびれて見えるのは、ヒップにもボリュームがあるせいだろう。こちらを向いているので尻の双丘の様子まではうかがえないが、蜜蜂のようにくびれた腰のフォルムから、そうとしか考えられない。

しかも……。

（パッ、パイパンなのかよ……）

昨今ではＶＩＰの毛を処理するのが女子の間で一種の流行のようになっているらしく、ＡＶ女優でも無毛女子は珍しくない。しかし、裕作は生身のそれを拝むのが初めてだった。想像との違いに動揺してしまった。

（みっ、見えてるっ！　割れ目が見えているじゃないかよっ！）

菜未はどこを隠すこともなく、気をつけの姿勢でこちらに体を向けていた。本来なら黒い草むらに覆われているはずの恥丘がつるつるなのもいやらしかったが、割れ目の上端が見えていた。なんなら、アーモンドピンクの花びらまでほんの少しはみ出している。ＡＶであればモザイクがかかる部分なので、生身を見るまでこんなどぎついことになっているなんて思っていなかった。

ピンチだった。

もともと可愛い顔をしているうえ、グラマーボディとパイパンのコラボを見せつけられて、勃起しない男なんているはずがない。頭に白いタオルを巻いていることさえエッチなスパイスに感じられ、みるみるうちに股間が熱く疼きだした。

「お先に失礼！」

裕作はたまらず、掛け湯も浴びずにドボンとジャグジーに飛びこんだ。この窮地を脱出する方法を、他には思いつかなかった。

「やあねえ」

菜未はクスクス笑いながら、片膝を立ててしゃがみこんだ。シャワーヘッドを手に取り、むちむちに張りつめた二十一歳のボディにお湯をかけた。バスルームの照明は消されていて、ジャグジーバスの中だけが原色の光を放っている。ピンクタウンのネオンのように、赤、青、緑とひっきりなしに色を変えながら、片膝を立ててしゃがんでいる菜未の裸身を照らしだす。

（やっ、やっぱでかいな……でかすぎるおっぱいだよ……）

巨乳は全体に比例して、乳輪の大きい女が多い。菜未も例外ではなかったが、乳輪の色が薄ピンクだった。いまにも白い素肌に溶けこんでしまいそうな清らかな色合いに、視線を釘づけにされてしまう。

「ああっ……」

胸のお湯を浴びながら、どういうわけか小さく声をもらした。その吐息が桃色に見えるほど、シャワーを浴びている菜未は色っぽかった。湯に濡れたグラマーなボディはもちろん、眉根を寄せ、瞼《まぶた》を半分落とした表情も負けず劣らずいやらしい。もともと、清楚な姉に対し、五つも年下のくせに色っぽい妹だった。その彼女が、巨乳を隠しもせずにシャワーを浴びているのだから、色気がダダ漏れも当然だ。

（ちっ、ちくしょう……）

気がつけば、裕作は痛いくらいに勃起していた。泡の立つ浴槽の中だから気づかれることはないだろうが、ギチギチに硬くなって息もできない。

「失礼しまーす」

菜未が浴槽に入ってきた——と思ったら、浴槽の縁に腰をおろした。裕作が首まで浸かっているすぐ隣に、彼女の下半身がきた。あきらかに挑発していた。原色のライトに照らされているむちむちの太腿はエロティックで、豊満なヒップのまろやかなカーブにも女らしさを感じる。しかも巨乳を下から見ることができ、霊峰《れいほう》富士を仰《あお》ぎ見ている気分になる。

菜未はお湯を手ですくって胸元にかけながら、裕作に訊ねてきた。

「おねえちゃん、抱き心地よかった？」

「……えっ？」

裕作はにわかに言葉を返せなかった。興奮してしまったせいか、顔が燃えるように熱くなり、呼吸もはずみはじめていた。早くも、湯あたりの心配をしなければならないかもしれない。

「真面目そうに見えてさ、裸になったらあんがい大胆で、エロエロな人だったとか、そういう感想はないの？」

「どっ、どうかな……」

裕作は紅潮した顔を歪めて首をかしげた。

「ふっ、普通だと思うよ。ごく普通……」

「本当？」

「ああ」

「じゃあ、どうやって誘惑されたわけ？　おにいちゃんから押し倒したってことは絶対にないわよね？　こんなにエッチくさい体した女と一緒にお風呂に入ってるのに、指一本触れてこないんだから」

「ゆっ、誘惑っていうか……香澄さん、すごい酔っ払ってたから……」

「酔っ払ってたから？」

「なんていうか、こう……じゃれてくる感じで」

「アハハ、真面目っ子のおねえちゃんが、酔ったふりして甘えてきたんだ」

「甘えてきたっていうか……」

「体位は？」

「えっ？」

「どういう体位で繋がったの？」

「あっ、あのさあ……」

裕作は声音をあらためて言った。

「そういうことって、他人にパラペラしゃべるもんじゃないと思うけど……」

「ふーん。僕は口がかたい男だって言いたいわけね？」

「まあ……」

「いいけどね。おにいちゃんの口がかたくなると、わたしの口は軽くなるわよ。ママが知ったらショック受けるんじゃないかなあー、おにいちゃんとおねえちゃんのヒ・ミ・ツ。わたしはもう諦められてるけど、ママはおねえちゃんの男関係にいっつもピリピリしてるもん。おねえちゃんに変な虫がつかないように、とってもとっても心配してるわけ。それがまさか、義理の息子に抱かれたなんて知ったら……」

「騎乗位だよ！」

裕作はたまらず言った。

「騎乗位で繋がって、騎乗位でフィニッシュ。余計なことはなにもしないで、すげえあっさりしたエッチだったたから！」

「騎乗位ですって！」

菜未はゲラゲラ笑いだした。

「おねえちゃん、澄ました顔して自分から男にまたがったの？　それで自分でぐいぐい腰を使って……うわあ、きっついなあ。まるで男に飢えてるみたいじゃない。実際、飢えてるんでしょうけど、騎乗位はないわあ……」

悪態をついている菜未から眼をそむけ、裕作は心の中で香澄に土下座した。菜未の機嫌を損ねられない状況とはいえ、香澄を売ってしまった。人として誰にも知られたくない恥ずかしい秘密を、妹にもらしてしまった。

「ねえ……」

ぶくぶくと泡立つ浴槽に、菜未が入ってきた。すかさず裕作に肩を密着させると、耳元でそっとささやいた。

「気持ちよかった？」

「……は？」

「おねえちゃんの騎乗位、気持ちよかったの？」

「そっ、それは……」

裕作が言いよどむと、

「わたしのほうが気持ちいいと思うんだけどなあ……」

いやらしいほどひそめた声で、菜未は耳元でささやいた。

「わたしのオマンコのほうがキツキツで、絶対気持ちいいわよ」

裕作はハッとして菜未を見た。菜未も見つめ返してくる。品のない言葉遣いを咎めるつもりで視線と視線をぶつけあったが、自信満々で微笑を浮かべている菜未に、裕作は勝てる気がしなかった。

5

「おおうっ！」

裕作は野太い声をあげて伸びあがった。原色の光を放つジャグジーの中で、菜未がペニスをつかんできたからだ。

「やだ、おにいちゃん。もうこんなになってるの？」

菜未が眼を輝かせて言う。

「わたしの裸ってそんなに興奮する？　おねえちゃんよりセクシーで、オチンチンこんなに硬くなっちゃう？　素直に認めたら、好きにさせてあげてもいいんだよ」

「ううっ……」

裕作はギリリと歯嚙みした。そんな質問に答えられるわけがなかった。香澄と菜未はタイプが違うので、優劣をつけることなんてできない。だいたい、優劣をつけようという発想自体が失礼だ。

しかし、菜未はどうしても自分が姉よりセクシーと言わせたいようで、

「どうなのよ？」

すこすこっ、すこすこっ、とお湯の中でペニスをしごきはじめた。

「わたしのほうがおねえちゃんより、可愛いし、エッチなボディだし、オチンチンのしごき方だって上手でしょ？」

「おおおおおーっ！」

裕作は灼熱《しゃくねつ》と化した顔面から滝のような汗を流した。もうずいぶんと長く浴槽に浸かっているうえ、菜未の手コキはたしかにうまかった。握り方に強弱をつけ、しごくピッチにも緩急をつけてくる。強く握られてフルピッチでしごいてきたかと思うと、次の瞬間、やさしく肉の棒を撫でまわしてきたりする。

「やっ、やめてくれえええーっ！」

裕作はたまらず立ちあがった。才色兼備な姉に対する対抗意識はわからないではないけれど、これ以上香澄を貶《おとし》めるようなことは口にできなかった。それよりなにより、香澄より上だなんて言ってしまえば、気をよくした菜未とセックスまでなだれこんでしまうかもしれない。

回避不可能のアクシデントだったとはいえ、姉とセックスしておきながら妹ともしてしまうなんて、鬼畜の所業である。しかも、ただの姉妹どんぶりではない。香澄は義理の姉で菜未は義理の妹――どちらとも肉体関係をもったりしたら、家族崩壊にまっしぐらだ。

そんなふうに裕作が苦悩する一方、菜未に行為を中断する気は毛頭ないようだった。裕作が立ちあがったことで、勃起しきったペニスは彼女の顔の前にきた。菜未はまだ、カチカチになっている肉の棒をしっかりと握りしめている。

「うんあっ！」

菜未は唇を卑猥なOの字に開くと、亀頭をぱっくりと頬張った。裕作は一瞬、なにが起こったのかわかなかった。

生温かい口内粘膜に亀頭が包みこまれると、気が遠くなりそうな快感が訪れた。それは手コキによる刺激とまったく違い、菜未が頭を振って肉の棒をしゃぶりはじめると、ペニスの芯に何度も何度も電流じみた快感が走り抜けていき、恥ずかしいほど両脚が震えだした。

（こっ、これが仁王《におう》立ちフェラ……）

AVでよく見る、男の支配欲を刺激するやり方だった。大学時代、ヤリマンにも多少舐《な》められたことはあるけれど、彼女たちは男の足元にひざまずいたりしなかった。

あお向けになっているこちらのペニスを、四つん這いになって舐めてきただけだ。

「ぅんんっ……ぅんんっ……」

菜未は鼻息を可憐にはずませて、フェラチオに没頭していった。赤く染まった唇から出たり入ったりするたびに、肉の棒が唾液の光沢を帯びてテラテラと輝きだす。菜未はただしゃぶっているだけではなく、口内でしきりに舌を動かしてきた。亀頭の裏筋、あるいはカリのくびれといった男の性感帯を、ヌメヌメした舌で的確に刺激して、裕作から喜悦の汗を絞りとっていく。

(よっ、よかった……遅漏で本当によかった……)

オナニーをしすぎて遅漏になってしまった自分の体質に、裕作はほんの少しコンプレックスを抱いていた。だが、いまばかりは遅漏の恩恵をありがたく享受している。こんなにもいやらしく、気持ちのいい口腔奉仕——早漏気味だったりしたら、すぐに暴発してしまうに違いない。

「ねえ……」

菜未が上眼遣いでこちらを見た。桃源郷をさまよっている気分で仁王立ちフェラの愉悦《ゆえつ》に悶えていた裕作は、呆けた顔を彼女に向けた。

「挟まれたいんでしょう?」

なにを言っているのか、意味がわからなかった。すると菜未は、まともなリアクシヨンがとれない裕作のペニスを、胸の谷間に導いた。推定Hカップの巨乳に挟まれた唾液まみれのペニスは、大きめのバンズに挟まれたソーセージのようになった。

「どう？　気持ちいい？」

量感あふれるふたつの隆起を両手で寄せあげた菜末は、ヌルリッ、ヌルリッ、と胸の谷間でペニスをしごきはじめた。

パイズリである。裕作は自分が特別巨乳好きな、おっぱい星人だとは思っていない。とはいえ、パイズリは巨乳しかできない、巨乳の特質をたっぷり味わうことができるプレイだった。フェラは誰にでもできるが、パイズリは胸の小さな女にはできない。まさに巨乳スペシャル、そのいやらしすぎる特別感が裕作を興奮の坩堝《るつぼ》へといざなっていく。

「おおおおっ……ぬおおおおっ……」

野太い声をもらし、恥ずかしいほど身をよじらずにはいられなかった。ヌルリッ、ヌルリッ、と胸の谷間でペニスをすべらせながら、菜末は上眼遣いでこちらを見てきた。せつなげに眉根を寄せたその表情もそそったが、時折ツツーッとペニスに唾液を垂らし、パイズリの潤滑油とする。ぽってりと肉厚な下唇から、唾液が糸を引く様子がいやらしすぎる。

（たっ、たまらないっ……たまらないよっ……）

香澄も掛け値なしの高嶺の花だったが、菜未は可愛いうえに手数が多い。そもそも男好きするグラマーボディのうえ、男を惑わせる手練手管《てれんてくだ》に長《た》けている。セックスに偏差値があったとしたら楽に七十超え、東大を受験しても合格しそうだ。

「ああんっ、わたしも気持ちよくなってきちゃった……」

菜未はパイズリを中断すると、ペニスの根元を握りしめ、先端を自分の乳首へと導いていった。ぷっくりと突起した部分に、亀頭をこすりつけていく。

「いやあんっ、気持ちいいっ……」

上眼遣いでこちらを見ながら身をよじる菜未はまさしくエロスの化身、こんなにいやらしい生き物がこの世に棲息していていいのかと思わざるを得なかった。しかも、突起した乳首に亀頭をこすりつけられれば、裕作だって気持ちいい。亀頭への刺激そのものにも興奮するし、なにより菜未の興奮が伝わってくる。女の乳首はこんなにも硬く尖るものなのかと、感動さえしてしまう。

「ねえ……」

上眼遣いでこちらを見上げる菜未の瞳はすでに、淫らなほどにねっとりと潤んでいた。

「もっと気持ちよくしてくれる？」

ごくり、と裕作は生唾を呑みこんだ。

この状況で男が女を気持よくする方法は、三通り考えられる。手マン、クンニ、ペニスの挿入である。となると、フェラをされたのだからクンニのお返しというのが、もっともスマートなチョイスなのかもしれない。浴槽の縁に座らせた菜未の両脚を大きくひろげさせて、こちらはジャグジーに身を沈めて口腔奉仕だ。

(そっ、それなら……最後までしなくてもすむかもしれないし……)

義姉と体を重ねている以上、義妹とまでセックスしてしまうことに、まだ抵抗感が残っていた。とはいえ、仁王立ちフェラまでしてくれた菜未に、なにもお礼をしないというのも人としてどうかと思う。なにより、裕作ももうちょっといまの状況を楽しみたかった。落としどころとして、クンニが妥当な気がしたが……。

「ああんっ、もう我慢できない！」

菜未は切羽つまった顔で立ちあがった。裕作に背中を向け、浴槽の縁に両手をついて、豊満すぎる巨尻を突きだしてきた。

「ちょうだい……おにいちゃんのカチカチのオチンチン、菜未の中に入れて……」

「うっ、うわあっ……」

裕作は眼を見開き、口まであんぐりと開けてしまった。こちらに突きだされたヒップの女らしい丸み、剝き卵のようなつるつるの白い肌、さらには桃割れの奥からいまにもいやらしい匂いが漂ってきそうで、体中が興奮に震えだしてしまった。

（こっ、こんなっ……こんなエロい尻がこの世にあったのかっ……）

クンニで気持ちよくさせてあげるのはやぶさかではないけれど、それで我慢してほしいなどとは、とても言いだせなくなった。いや、そんなことを考える前に、反り返った肉の棒をつかんで、菜未のヒップににじり寄っていた。

「いっ、いいのかい？　本当に入れてもいいのかい？」

「ちょうだい……」

菜未が眉根を寄せた顔で振り返る。

「わたしも欲しくてしようがないんだもの。おにいちゃんのカチカチのオチンチン、菜未のキツキツのオマンコに入れてほしい……」

「うおおおおーっ！」

脳味噌が沸騰しそうなほどの興奮状態に陥った裕作は、雄叫《おたけ》びじみた声をあげながらペニスの先端を尻の桃割れに近づけていった。しかし、ここで大問題が発生した。

裕作はいままで、騎乗位でしか女と繋がったことがない。立ちバックなんてただでさえ難しそうな体位だから、穴の入口を見つけることができなかった。

（マッ、マジかっ……）

いくら切っ先でまさぐっても、いやまさぐればまさぐるほど、結合できる気がしなくなってきた。ペニスは女を求めてパンパンに膨張しているのに、可愛い菜未が入れてもいいと言ってくれているのに、男としてこんなにもみじめで情けない状況はないだろう。

　すると菜末が、

「大丈夫だよ、おにいちゃん」

逆Vの字に開いた両脚の間から、右手を伸ばしてきた。勃起しきったペニスをそっとつかむと、切っ先を穴の入口に導いてくれた。

「むううっ……」

亀頭がヌメヌメした柔肉に密着し、裕作の腰が反っていく。

「そのまま入ってきて……」

蕩けるような声でささやいた菜末は、前を向いた。立ちバックの準備は万端だった。

裕作は大きく息を吸い、ゆっくりと吐きだした。

　ぐっと腰を前に送りだすと、ヌメヌメした柔肉にずぶっと埋まった感触がした。そのまま奥まで入っていく。二十一歳の肉穴の感触を噛みしめながら、硬くなったペニスを根元まで埋めこんでしまう。

（こっ、これはたしかにっ……キツキツかもっ……）

　興奮に身震いしながら、裕作は胸底《きょうてい》でつぶやいた。姉妹にもかかわらず、香澄とは結合感が違った。年齢の違いか、体形の違いか、はたまた踏んだ場数の違いなのか、菜未のほうが締まりがよく感じたのはたしかだった。

ただもちろん、締まりがいいことだけが、快楽の条件というわけではないだろう。経験が少ない裕作でも、それはわかった。締まりがいいからといって、かならずしも抱き心地がいいということにはならないはずだ。

となると、動いてみなければならなかった。勃起しきったペニスをゆっくりと抜き、またゆっくりと入れ直していく。スローピッチで動いたほうが結合感を充分に嚙みしめられるだろうと思ったが、菜未が許してくれなかった。

「ちょうだい、おにいちゃんっ！　もっとちょうだいっ！」

「あっ、ああ……」

裕作は菜未の背中に向かってうなずくと、抜き差しのピッチをあげていった。裕作自身にも、もっと激しく動きたいという衝動があった。気持ちがよすぎて、とてもスローピッチをキープしていられなかった。

「むうっ！　むううっ！」

鼻息を荒らげて腰を振りたてた。なにしろ騎乗位以外の体位は初めてだから、体ごとぶつかるような不細工なピストン運動になってしまったが、あとからあとからこみあげてくる衝動に腰を突き動かされてしまう。

菜未の肉穴はよく濡れているのに異様に締まりがよく、本人申告に偽《いつわ》りはなかった。

それに加え、女を後ろから突きあげている状況が、騎乗位とは違う満足感を与えてくれる。バックスタイルは男の本能を揺さぶりたててくるものなのかもしれない。言い方はいささかどぎついが、「女を犯している」という感覚がたしかにある。

「ああっ、いいっ！　気持ちいいよ、おにいちゃんっ！　もっとちょうだいっ！　もっとちょうだいっ！　はぁあああああーっ！」

あえぐ菜未に煽《あお》られてフルピッチで連打を放つと、パンパンッ、パンパンッ、と巨尻が乾いた音をたてはじめた。その音にもまた、興奮を煽られた。こちらに向けられただけで悩殺されてしまった魅惑のヒップを打ち鳴らしながら、裕作は呼吸も忘れて突きまくった。

（たっ、たまらないっ……たまらないよっ……）

顔を真っ赤にして腰を振りたてながら、自分が遅漏だというのは間違いだったかもしれないと思った。早くも射精の予感にペニスの芯が疼きだし、ふたつの睾丸が体にめりこむくらいあがってきている。射精がしたいという衝動に汗まみれの体が小刻みに震えだし、首に何本も筋を浮かべてそれをこらえなければならなかった。

第三章　義母の性感マッサージ

1

裕作の朝は忙しい。

父は早朝に起きて食事もとらずに家を出ていくから手がかからないのだが、女性陣三人の朝食の準備が大変だ。

和食党の義母のために玄米を炊いて干物を焼き、意識高い系の義姉のためにスムージーをつくり、朝っぱらからカフェ飯のようなものを食べたがる義妹のためにはエッグベネディクトやパンケーキを用意しなければならない。裕作ひとりのときには余り物で適当にすませていたから、まるで女子寮の配膳係にでもなった気分だ。

しかも……。

「おにいちゃん、これお願いね」

義妹の菜未がランドリーバッグを差しだしてくることもルーティーンになった。彼女に限らず、クリーニングに服を出しておくことを頼まれるのはそれまでにもあったし、Tシャツやデニムの洗濯を請け負ったこともある。

しかし、菜未が渡してくるランドリーバッグの中には、下着まで入ってくるようになった。

親しき仲にも礼儀ありというか、いくらきょうだいでも下着の洗濯だけはあり得ないと思っていたのだが、ある日を境にそんな暗黙のルールは崩壊してしまった。肉体関係を結んでしまったあの日から、裕作は菜未に逆らえなくなった。パンツを洗えと命じられれば、黙って従う下僕に成り下がってしまったのである。


「あぁっ、いいっ！　おにいちゃん、気持ちいいっ！」

膝から下をジャグジーバスに浸けながら立ちバックで後ろから貫かれた菜未は、あっさりと絶頂に達した。

「イッ、イッちゃうっ！　もうイクッ！　イクイクイクイクイクッ……はっ、はぁあああーっ！」

勃起しきった男根を彼女の中に埋めこんでいる裕作は、すさまじい興奮に駆られていた。それまでは騎乗位でしかセックスしたことがなかったのだが、立ちバックとなるとこちらがリードできるというか、生まれて初めて「女を犯している」という実感を噛みしめることができたのだ。

（まっ、まるでAV男優になったような気分だよっ……）

遅漏を自負する裕作でも、すぐに射精してしまいそうなほど興奮し、けれどもそれはそれでもったいない気がして、菜未がイキきってもすぐに腰の動きを再開することはできなかった。

ぶるぶるっ、ぶるぶるっ、とグラマーボディを痙攣させている菜未に、両手を伸ばしていった。たわわに実った双乳を後ろからすくいあげ、むぎゅむぎゅと指を食いこませた。もっちりした乳肉がひどく汗ばんでいて、いやらしすぎる揉み心地がした。隆起の頂点で尖っている乳首もくすぐってやると、

「ああんっ……」

菜未はせつなげに眉根を寄せて振り返った。濡れた瞳で見つめられれば、唇と唇を重ねずにはいられなかった。絶頂に達したばかりだからか、菜未の口内は異様に唾液の量が多く、しかも甘かった。

「うんあっ……あああっ……」

キスはみるみる深まっていき、お互いの舌をしゃぶりあった。立ちバックで繋がりながら不自由な体勢でするキスに、裕作は小さく感動していた。なんとなく、大人の

男女のまぐわいのような気がしたからである。

「ああんっ、すごい硬いのねっ……おにいちゃんのオチンチン、硬いっ……」

菜未が舌をからめあいながら身をよじりはじめる。一度絶頂に達したとはいえ、彼女はまだ満足していないようだった。

ならば、と裕作はキスをとき、あらためて菜未の腰をつかんだ。巨乳と巨尻をブリッジする、蜜蜂のようにくっきりとくびれた腰だ。つかむと菜未も前を向いた。顔が見えなくても、イッたばかりのせいか後ろ姿から生々しい欲情が伝わってくる。

「むううっ……」

裕作は腰を動かしはじめた。ピストン運動のコツはつかんだ気がするので、今度はグラインドだ。ぐりんっ、ぐりんっ、と腰をまわし、勃起しきった肉の棒で濡れた柔肉を攪拌《かくはん》する。

「ああっ、いいっ！　気持ちいいーっ！」

菜未がバスルーム中に甲高《かんだか》い声を響かせた。

「すごい気持ちいいっ！　もっとしてっ！　もっとしてっ！」

裕作は内心でうなずくと、腰の動きを変化させた。ゆっくりしたグラインドから、ピストン運動へ——シフトレバーをトップギアに放りこんで、怒濤《どとう》の連打を送りこんでいく。

「はっ、はぁううううーっ！」

菜未の甲高い悲鳴に、パンパンッ、パンパンッ、という打擲音《ちょうちゃく》が被る。彼女のボリューミーなヒップはいい音が鳴るし、弾力もたまらない。突けば突くほどリズムに乗って、身の底からエネルギーがこみあげてくるようだ。

熱狂の時間が続いた。

お互い膝から下はジャグジーバスに浸かっているので、滝のような汗を流している。菜未があまりにうねうね首を振るので、頭に巻いた白いバスタオルが泡立つ浴槽に落ちた。それでも菜未はおかまいなしによがりによがり、裕作は裕作で呼吸も忘れて突きあげる。

パンパンッ、パンパンッ、という乾いた打擲音に混じって、ずちゅっぐちゅっ、ずちゅぐちゅっ、という卑猥な肉ずれ音が耳に届いた。汗も滝のようなら、菜未が漏らしている発情の蜜も負けず劣らずで、お湯や汗とは違うねっとりした体液が、裕作の玉袋の裏まで垂れてきている。

「ああっ、ダメッ！　もうダメッ！」

菜未が豊満なヒップをぶるぶると震わせながら叫んだ。

「またイッちゃうっ！　またイッちゃいそうっ！」

「むうぅっ！」

裕作は汗まみれの顔を歪めて唸った。オルガスムスの前兆だろう、肉穴がぎゅっと締まり、性器と性器の密着感が倍増した。ただでさえキツキツなのにそんな反応まで返ってくると、裕作にも限界が迫ってくる。

「あああっ、イクッ！　またイクッ！　イッちゃうっ、イッちゃうっ、イッちゃうっ……はぁうううううううーっ！」

ビクンッ、ビクンッ、と腰を跳ねあげて、菜未はオルガスムスに駆けあがっていった。その腰をつかんでいる裕作もまた、フィニッシュに向かってフルピッチで突きあげる。淫らに震えている尻肉をパンパンと打ち鳴らし、いちばん深いところまで亀頭をねじこんでいく。

「こっ、こっちも出ますっ！」

裕作は声を跳ねあげ、ペニスを肉穴からスポンッと抜いた。ゴムを着けない生挿入なので、中で出すわけにはいかなかった。

いまのいままで女性器の中に収まっていたペニスは発情の蜜をたっぷり浴びてネトネトした光沢を放ち、白濁した本気汁までからみついていた。それをしごくのはオナニーとは異次元の気持ちよさだったが、あと五秒で射精しそうだというところで、菜未がこちらに振り返り、しゃがみこんだ。

「飲んであげる」

上眼遣いをこちらに向けて、唾液まみれの唇をOの字にひろげた。その表情はいつもの生意気な小悪魔ではなく、どこまでも慈愛に満ちていた。二度もイカせてもらったペニスに対する当然のお礼というような、女らしい気遣いが伝わってきた。

「咥《くわ》えてあげるから、口の中で出して……全部飲んで、お掃除フェラまでしてあげるから……」

裕作は感動に胸を熱くしたが、射精のタイミングをコントロールできるほどのセックス巧者ではなかった。口内射精なんてしたことがないから、どうすればいいかわからなかった。

(もう口に入れちゃっていいのか？　出す直前に入れたほうがいいのか？　咥えてもらって、しゃぶってもらえるのか？)

迷いながらネトネトのペニスをしごいているうちに、下半身で爆発が起こった。意思の力では制御できない衝動がこみあげてきて、次の瞬間、ドクンッと音がたちそうな勢いで白濁液が放たれた。

「おおおっ……うおおおおおーっ！」

雄叫びをあげてみたところで、始まった射精がとまることはない。ドクンッ、ドクンッ、ドクンッ、と続けざまに放たれた白濁の粘液は、オルガスムスの余韻で生々しいピンク色に染まっている菜末の顔に着弾した。

「いっ、いやあああああーっ！」

眼の近くにもかかったので、菜未は瞼をぎゅっと閉じた。

「おおおっ……おおおおっ……おおおおっ……」

裕作は男の精を絞りだすようにペニスをしごき、顔面が悲惨な状態になっている菜未に向かって、長々と射精を続けた。申し訳ないという気持ちもあったが、それ以上に興奮していた。本人には絶対に言えないが、可愛い顔をして生意気な彼女の顔面を穢《けが》していることに興奮さえしていた。

とはいえ、それもこれも、すべては射精が終わるまでの話だ。すべてを出しおえてしまえば、待っているのは地獄だけだった。

「……やってくれたわね？」

湯気がたちそうな男の精を思いきり顔面に浴びた菜未は、薄眼を開けてこちらを見た。はっきりと表情はうかがい知れなかったが、怒っているようだった。怒っているに決まっていた。

2

平川家の朝は、義母、義妹、義姉の順に家を出る。

ややこしい朝食の提供を終えた裕作は、彼女たちが家を出ていくのを尻目に、洗濯にとりかかった。女ものの下着は陰干しが必須らしいから、乾くのに時間がかかる。よって、できるだけ早く済ませてしまわなければならないのだ。

「面倒くさいなあ……」

女ものの下着は直接洗濯機に放り込めない。ネットに入れて洗うよう菜未に厳命されているので、面倒くさいうえ、一枚一枚の下着とご対面することにもなる。

（相変わらずドエロいセンスだな……）

菜未の下着は色とりどりで、透ける素材を使ったものが多く、レースや刺繍《ししゅう》もふんだんに使われていた。たしかに脆弱《ぜいじやく》そうだから、ネットで保護する必要がありそうだが、どう見ても普段使い用の代物《しろもの》ではなかった。男の視線を意識し、挑発し、扇情するためのセクシーランジェリーである。

（モテモテの頂き女子ともなれば、毎日が勝負下着というわけか？）

作業を進めながら、乾いた笑みをもらす。頂き女子は援交やパパ活とは違う、ただ頂くだけだなんて菜未は豪語していたが、本当は頂くかわりにベッドのお供もしているんじゃないのか？

「ちょっと……」

後ろから声をかけられ、裕作はビクンッとして振り返った。義姉の香澄が立っていた。今日もキャリアウーマンらしい、ノーブルな濃紺のタイトスーツ姿だ。もう全員家を出たかと思っていたが、彼女はまだだったらしい。

「なにそれ？　なに持ってるの？」

「えっ？」

裕作は自分が手にしているものを見た。左手に洗濯ネット、右手には紫色のセクシーなパンティ……。

「あっ、いや、これはですねっ……」

あわてて言い訳をした。

「菜未さんに洗濯を頼まれたんです。頼まれたからしかたなくやっているわけで、下着泥棒とかそういうのじゃ……」

「頼まれた？」

香澄が眉をひそめる。

「あなた、わたしが頼んだときはきっぱり断ったわよね。女のパンツなんか洗いたくないって」

たしかに、そういうやりとりはあった。香澄とセックスをしてしまったあとのことだ。菜未と同じようなものだったが、香澄の頼みは断れても、菜未には逆らえなかった。「女の子の顔に精子かけるなんてひどくない？　わたし、あんなことされたの初めてなんですけど」と凄まれると、裕作は詫びの言葉を連ねるしかなかった。

しかも菜未には、香澄と体を重ねたことまで白状してしまっている。まさしく、ふたつの金玉を握られている状態なのである。

「ねえ、どういうこと？　わたしの頼みは断って、菜未の頼みは聞くっていうのはひどくない？」

事情を知らない香澄は香澄で、裕作をガン詰めしてきた。

「いやいやいや、僕みたいな男に下着まで洗われるのは、さすがに香澄さんも嫌だろうと思って、遠慮しただけで……」

「べつに嫌じゃないですけど」

「……え？」

「会社から疲れて帰ってきて、洗濯するほうがよっぽど嫌」

「……そうですか」

自分のパンツは自分で洗う──人として基本中の基本ではないかと思うが、裕作は黙っていた。

「とにかく、菜未の下着は洗って、わたしのは洗わないっていうのは差別だから。わたしのも洗ってちょうだい」

香澄はいったん自分の部屋に戻ると、ランドリーバッグを持って戻ってきた。

「じゃあ、これお願いね」

「……いいですけどね」

裕作がふて腐れた態度でバッグを受けとると、

「なによ、その態度？」

香澄は右手を伸ばし、裕作のほっぺたをひねりあげた。

「痛い、痛い、痛い……」

「わたしとあなたは他人じゃないでしょ。そんなわたしを差し置いて、菜未のパンツだけ洗うなんて許せない。あっ、わたしの下着は菜未のやつとは別に洗ってよ。いくら姉妹でも、気持ち悪いから」

言いたいことだけ言い放ち、そそくさとその場を去っていく香澄の背中を眺めながら、裕作は深い溜息をついた。

そう、たしかに自分と彼女は他人ではない。一度限りのあやまちとはいえ、セックスしてしまった仲である。きょうだいにもかかわらずそんなことをしてしまったことこそ大問題なのに、洗濯を押しつける口実にするとは呆れてものも言えなかった。しかし、こちらとしても菜未ともセックスしているので、話がややこしくなるくらいなら洗濯を請け負ったほうがマシである。

（まったく、自分のパンツくらい自分で洗えよ……）

香澄と菜未は父親が違うから、容姿がまるで似ていない。しかし、無精で横着で隙あらば人に雑用を押しつけてくるところはそっくりだ。

「……んっ？」

香澄のランドリーバッグからパンティをつまみあげた裕作は、眉をひそめた。ベージュだった。しかも、デザインに飾り気がない極めて実用的な——ランドリーバッグの中を掻き混ぜると、ブラジャーもパンティもベージュばかりだった。

（香澄さんとエッチしたときはたしか……）

燃えるようなワインレッドのセクシーランジェリーを着けていたはずだ。しかも、サイドを紐で結んでいるエロティックなデザインの……。

まさかあれは彼女にとって勝負下着だったのか？　普段は色気のないベージュの下着をタイトスーツの中に隠して……。

（ダッ、ダサいっ……ダサすぎるっ……）

パンティをひろげてまじまじと見ると、悲しくなるほど野暮《やぼ》ったかった。ボディラインを補正するためなのか、臍《へそ》まで隠れそうなハイウエストでなんだかブルマのようだ。直前まで頂き女子のセクシーランジェリーを見ていたので、よけいにダサく感じてしまう。

とはいえ……。

デザイン性の高いセクシーランジェリーと違い、ベージュのパンティは異様に生々しかった。生地の面積が広く、ヒップから腰まですっぽり覆い隠しそうだし、生地もコットンふうだから匂いも染みこんでいそうだ。

ドクンッ、ドクンッ、と心臓が鼓動《こどう》を乱しはじめた。

(ダッ、ダメだっ……ダメだぞっ……)

必死に自分を抑えようとしても、顔がパンティに近づいていく。それはただ単に、ダサいだけの代物ではなかった。使用しているのは掛け値なしの高嶺の花——香澄が穿いているパンティだと思うと、ダササさえエロく感じてしまう。

「むうっ……」

ベージュの生地に鼻面《はなづら》を突っこみ、思いきり息を吸いこむと、予想通り匂いが染みこんでいた。発情したときの蜜の匂いとはまた別の、なんとも言えない体臭のようなものだ。男の裕作には、女の素肌の匂いは砂糖をたっぷり入れたホットミルクのように甘く感じられるが、それに近い匂いである。いやらしいというより、男を安心させる匂いだ。

しかし、パンティをひっくり返し、内側の白いクロッチ部分を見ると、いきなり卑猥な雰囲気になった。なんだかシミのようなものがついているし、陰翳《いんえい》具合もいやらしい縦一本のシワができている。どう考えてもこのシワは、女の割れ目をトレースしたものだった。密着しすぎて、形状を写し取ってしまったのだろう。

（エッ、エロいだろっ……エロすぎるだろっ……）

気がつけば裕作は、クロッチに鼻をこすりつけて匂いを嗅ぎ、舌まで出して舐めまわしていた。自分はこんなことをする卑劣な人間ではなかったはずだと自己嫌悪がこみあげてくる一方、セックスまでした女のパンティの匂いを嗅いでなにが悪いとも思う。あまつさえ、セックスしたことで図々しくもパンツの洗濯まで押しつけてくる女には、これくらいのことをしてやっても悪いはずがない。

「むうっ！　むううっ！」

夢中になって匂いを嗅ぎまわし、シミとシワに彩られたクロッチを舐めまわせば、勃起してしまうのが男という生き物だ。裕作はそのとき、ジーンズを穿いていた。デニムの生地に伸縮性がないから、ジーンズ姿で勃起するのは苦しいものである。ましてや鼻面を突っこんでいるのは、高嶺の花のダサいパンティ。香澄がそれを穿いているところを想像すると、興奮がとまらなくなってしまう。

3

（もっ、もう我慢できないよっ……）

ジーンズの中で勃起していることに身悶えていた裕作は、意を決してそれをおろした。ついでにブリーフまでめくってしまうと、膨張しきった肉の棒が臍を叩く勢いで反り返る。

父は朝食もとらずに出勤しているし、義母と義姉は仕事に、義妹は大学に行ってしまったので、いまこの家には誰もいない。つまり、父が再婚する前と同じおひとり様天国、どこでなにをしようがかまわないのである。

「むうっ！　むううっ！」

ベージュのパンティを鼻にあてながらペニスをしごきはじめると、興奮はあっという間にレッドゾーンに突入した。クロッチの匂いを嗅ぎながらそっと眼をつぶれば、瞼の裏に浮かんでくるのは、あられもない香澄の痴態——才色兼備の高嶺の花にもかかわらず、義弟の腰にまたがって淫らなダンスを披露し、最終的には下から突きあげられて乱れに乱れていた。

（まっ、またやらせてくれるチャンスがあるんだろうか？　あれから香澄さんの態度、すごく素っ気ないけど……）

チャンスがあろうがなかろうが、二度と間違いを犯してはならないことくらい、裕作にだってわかっていた。あの日、香澄は昼酒を飲みすぎて泥酔状態だった。酔ったうえでの一度限りのあやまちということにしておかなければ、この家の秩序と平穏は保てない。

（こっ、こっちはどんな匂いなんだろうな？）

ふと思いたち、すでにネットに入れてあった菜未のパンティをあらためて取りだした。紫色のうえにスケスケで、もはや下着というよりセックスの小道具のようなセクシーランジェリーである。

デザイン性は高くても、ひっくり返せば白いクロッチが姿を現す。こちらには女の割れ目をかたどったシワはなかったが、山吹色のシミがついていた。香澄のシミより、ずいぶんと濃い。

「むうっ……」

クロッチに鼻を押しつけて匂いを嗅ぐと、強い匂いに顔をしかめなければならなかった。発酵しすぎたヨーグルトというか、熟成しすぎたナチュラルチーズというか、そんな匂いに一瞬鼻が曲がりそうになった。

決していい匂いではなかった。しかし、男の本能を揺さぶる匂いではある。鼻が曲がりそうになっているのに匂いを嗅ぐのをやめられず、嗅げば嗅ぐほどペニスは硬くなっていく一方だ。

もちろん、それが菜未の匂いであればこそ、裕作は興奮していた。頂き女子ができるほど可愛い二十一歳の女子大生。ファッションセンスも華やかなら、小悪魔ぶりも板についているうえ、推定Hカップを擁するむちむちのグラマー。

彼女の匂いと思ってみれば、興奮しないほうがおかしかった。菜未は香澄の五つ年下。若メスのほうがあそこの匂いが強いというのは、新鮮な発見だった。個人差なのかもしれないが、とにかく菜未の匂いはいやらしすぎて眼がくらむ。

（ちっ、ちくしょうっ！　もう出そうだよっ！）

オナニーを始めてまだ五分と経っていないのに、射精がしたくてたまらなくなってきた。普段なら考えられない。発売一カ月前から予約しているAVがようやく配信になったときでさえ、三十分くらいは射精欲が疼きださない。香澄と菜未、美人姉妹のパンティの匂いは、それほどの興奮をもたらしてくれた。

問題は……。

どこに射精をするかだった。洗濯機が置いてある洗面所に、ティッシュペーパーなんて気の利いたものは置いていない。となると、左手で受けとめて、すぐに手を洗うという方法が考えられるが……。

どうせ洗濯するのだから、パンティに放出してもかまわないのではないかと思った。経験はないが、なんだかとても気持ちよさそうだった。香澄も菜未も、裕作をナメているという意味では、よく似た姉妹だった。不遜《ふそん》にして尊大な彼女たちの下着をおのがザーメンで穢してやれば、今日はいい日になりそうな気がする。

だが、そうなると、どちらのパンティに放出するかという、次の問題がもちあがってくる。義姉の野暮ったいベージュのパンティか、義妹のセクシーなスケスケパンティか……。

眼をつぶって熟考した。瞼の裏で香澄と菜未が、わたしを選んでとばかりに媚びた視線を送ってきた。やがて、ふたりとも四つん這いになって尻を振りはじめた。引き締まった香澄の美尻と、ボリューム満点の菜未の巨尻が、プリンッ、プリンッ、と左右に揺れる。わたしにかけてというやらしいおねだりが、いまにも聞こえてきそうである。

（たっ、たまらんっ……たまらないじゃないかよっ……）

女ふたりに尻を突きださせ、代わるがわる貫くプレイを「鶯《うぐいす》の谷渡《たにわた》り」というらしい。AVでもよく見かけるシーンだが、その場合のフィニッシュは、ふたりの顔に大放出だ。

興奮しそうだった。菜未の顔面に射精したのはアクシデントだったたし、ものすごく怒っていたので怖くてしようがなかったが、パンティであれば怒られることもない。香澄のパンティと菜未のパンティ、鶯の谷渡りを妄想しながら勃起しきったペニスをしごき抜き、ラストはどちらにもぶっかけてやる。

ところが、いよいよ満を持してフィニッシュのストロークに突入しようと大きく息を吸いこんだときだった。

「ちょっと裕作くんっ！」

背後で女の声がしたので、裕作は悲鳴をあげそうになった。恐るおそる振り返ってみると、義母の佐都子が立っていた。

（うっ、嘘だっ……）

裕作の顔からはみるみる血の気が引いていった。どうして仕事に行ったはずの義母が、ここにいるのだろうか？　いや、そんなことより裕作は、右手に香澄のパンティ、左手に菜未のパンティを握りしめていた。鶯の谷渡りを妄想するなら、どちらかのパンティをペニスに巻きつけてしごいたほうが気分が高まるだろうと考えたからだったが、そんなことはどうでもいい。

「いっ、いったいなにをやってるの？」

困惑しきった義母の視線は、カチンカチンに硬くなったペニスと、いまにも泣きだしそうな裕作の顔を行き来していた。


裕作はリビングの床に正座した。

まだ勃起はおさまっておらず、ジーンズを穿き直したので苦しくてしようがなかったが、そんなことは言っていられなかった。義母はソファに座るように言ってくれたけれど、裕作は床に正座をやめなかった。とにかく誠心誠意謝って、香澄や菜未、もちろん父にもすべてを内緒にしてもらわなければならない。

「申し訳ございませんでした！」

両手を床につき、深々と頭をさげた。

「香澄さんと菜未さんに下着の洗濯を頼まれて……黙って洗濯していればよかったんです……でもつい出来心で匂いを嗅いでしまい……そうなるともう、自分を抑えきれず……結果としてあんなことを……」

義母は言葉を返してこなかった。裕作は頭をさげているので、彼女がどんな表情をしているのかわからない。

「二度と……二度とこんなことはいたしません……下着の洗濯を頼まれたら、ロボットのように洗濯だけをすることを誓います……だからおふたりと父には、このことを黙っていていただけないでしょうか？」

義母がまだなにも言わないので、そうっと顔をあげていく。義母は目の前に立っていた。さわやかな水色のワンピースを着ていたが、清楚な美貌をこわばらせ、腕組みまでしている。当たり前だが、怒っているようだ……。

義母は眉間に皺《しわ》を寄せ、はーっと息を吐きだしてから話を始めた。

「あの子たちも悪いと思うわよ……揃いも揃ってズボラだから、下着の洗濯まで裕作くんに押しつけたりして……でも、だからってあれはないんじゃないかなあ。香澄や菜未が知ったら、けっこう傷つくと思う。女っていうのは、愛のない性欲の対象にされるのが、いちばん傷つくから……」

昼酒で泥酔してベッドに誘ってきたり、姉へのジェラシーからジャグジーバスつきのカラオケ店に連れこむような女たちが、下着の匂いを嗅がれたくらいで傷つくわけがないと思ったが、裕作はなにも言えなかった。

「香澄も菜未も、お父さんや男きょうだいがいない家で育ったから、男の人への接し方がよくわからないの。香澄は子供のころから堅物だし、菜未はわざとチャラチャラしてるし……将来が心配でしょうがなかったのよ。だから、裕次郎さんとの再婚はいいチャンスだと思ったの。歳の近い男きょうだいができれば、あの子たちにも少しは免疫がつくかもしれないって期待してたわけ……」

「……なるほど」

免疫なんてとっくについていると思ったが、もちろん裕作はなにも言えなかった。

「でもね、こういう状況になっちゃうと……あなたがあの子たちのことをいやらしい眼で見ているとなると、話が違ってきます」

「いやいや、ですから今回の件はほんの出来心で……」

「下着の匂いを嗅いでるくらいならともかく、そうやって味をしめると、そのうちお風呂をのぞいたり、お手洗いに盗撮カメラを仕掛けたり、挙げ句の果てには力ずくで押し倒すことだってあるかもしれない……そんなことになったりしたら、わたしもう生きていけない……あの子たちは、わたしの宝物なの。お嫁に行かせるまで、大事に大事に育てたいの……」

義母の眼に涙が溜まりはじめたので、裕作は言い訳をすることもできなかった。力ずくで押し倒すことなんてあるわけがないし、なんならこちらのほうが押し倒されているのである。

「でも……でもね……再婚したからには裕作くん、あなたもわたしの宝物なの。実の娘以上に大切にしなきゃいけないって、嘘偽りなく思ってる」

「いやいやいや、僕みたいなものは、香澄さんや菜未さんの下僕みたいなものですから……」

裕作は苦笑まじりに言ったが、義母は笑ってくれなかった。こちらの台詞《せりふ》をきっぱりと無視して、話を続けた。

「二十五歳の男子ともなれば、性欲がありあまっているのは当然だものね。わたしが間違っていたかもしれない。そんな欲望男子の前に香澄や菜未みたいな美人で可愛くて魅力的な女子を放りだしたら、いやらしい眼で見ちゃうのもしかたがないかもしれない」

「いやいや、間違ってませんから。僕が自重すればすむ話ですから」

「わたしが抜いてあげる」

「はっ？」

裕作は自分の耳を疑った。「抜いてあげる」ということは、美人姉妹にかわって自分がセックスの相手をするということなのか？

「ふふっ、心配しなくても、エッチなんてしませんよ」

義母は裕作の心中を察したように笑った。

「そんなことしなくても、あなたをすっきりさせてあげる技術がわたしにはあるから……ふたりの娘を守り、あなたの平常心を保つために、母としての責務を果たすだけです……」

義母は言葉を途中で切ると、ハンドバッグからスマホを取りだし、どこかに電話をかけた。

「もしもし、お疲れさまー。急で悪いんだけど、わたし今日の午前中半休にして。午後イチの予約までにはお店に行くから、よろしくね……」

どうやら、店長を務めているエステサロンに電話したようだった。時刻はまだ午前九時にもなっていない。午前中の仕事を休んで、彼女はいったいなにをしようとしているのだろうか？

4

裕作はそわそわと落ち着かなかった。

義母は裕作の部屋に入ると、「ちょっと待ってて」と言って扉を閉めた。まるで廊下に立たされている小学生のような気分だったけれど、美人姉妹の下着に悪戯《いたずら》しているところを見られてしまった以上、逆らうことはできなかった。

「いいわよ、入ってきて」

部屋の中から義母の声が聞こえ、裕作はおずおずと扉を開いた。見慣れた自分の部屋が、見慣れないダークオレンジの照明に照らされていた。裕作の部屋の照明は蛍光灯があるだけで、間接照明などついていない。義母がもちこんだＬＥＤキャンドルが、簡易的な間接照明になっていた。

やたらとムード満点に様変わりした部屋の中心に立っているのは、義母だった。水色のワンピースではなく、紺色のワンピースに着替えていた。ただのワンピースではなく、ところどころに金のステッチが入り、生地がストレッチ素材でくっきりとボディラインを露わにしている。ユニフォームのようなものらしい。エステサロンで施術をするとき着るものだろう。

もともと清楚な美人なのだが、その格好になると四十五歳の色気がいや増した気がした。四十五歳といっても、義母の場合は三十代後半でも通りそうなほど若く見えるのだが……。

（えっ？　生脚？）

紺色のワンピースはけっこう丈が短いのに、ストッキングを着けていなかった。パンストフェチの裕作は、義母が夏でもストッキングを着けていることを知っていた。しかしいまは着けていない。それでも両脚は輝くように美しかったが、なんだか妙な胸騒ぎがする。

「それじゃあ、服を脱いでうつ伏せになって……」

義母がうながしてきたベッドには、バスタオルが何枚も敷かれていた。それはいいのだが、服を脱いでとは……。

わけがわからずもじもじしていると、

「もうっ、裕作くんってば！　オチンチン勃《た》ってるとこも見られちゃったんだから、いまさら恥ずかしがることないでしょ」

義母が苦笑まじりに言った。

「使い捨ての下着があればいいけど、うちにはないし……わざわざ買いにいくのも面倒だから、潔く裸になりなさい」

「はっ、はあ……」

義母の剣幕に押され、裕作は服を脱ぎはじめた。たしかに、勃起しきったペニスを見られていた。それもオナニーの途中である。いまさらなにを恥ずかしがるのだと言われれば、その通りかもしれないが……。

（まいったなぁ……）

ジーンズを脱ぐと、ブリーフの前がもっこりとふくらんでいた。オナニーしていたときから勃ちっぱなしだった。義母に見つかって全身から血の気が引いていこうが、床に正座して説教をされようが、パンティの匂いと妄想で高まった興奮は鎮まることがなかったのである。

（もうどうにでもなれ！）

もはや自棄《やけ》くそでブリーフをめくりおろし、反り返ったペニスを露わにした。全裸になってベッドにうつ伏せになると、勃起しきった肉の棒が自分の体重で押しつぶされ、寝心地が悪くてしかたなかった。

「それじゃあ、まずはオイルマッサージから始めるわね……」

ツツーッと背中にアロマオイルを垂らされ、裕作はビクッとした。オイルはあらかじめ温めてあったようで、生ぬるくねっとりしていた。やけにいやらしい感触が鼓動を乱す。

（それにしても……）

義母の「まずはオイルマッサージ」という台詞が気になった。ＡＶにもＡＶ女優が扮したエステティシャンが、男優にオイルマッサージから始めるメンズエステものというジャンルがある。まさかとは思うが……。

「くぅううっ……」

たっぷりとアロマオイルを垂らされた背中に義母の両手が這いまわりはじめると、あまりの気持ちよさに気が遠くなりそうになった。

ヌルリッ、ヌルリッ、とすべる手指の動きが、マッサージという言葉にそぐわない気がした。性感マッサージと呼ぶならぴったりかもしれない。どう考えても、この手指の動きは筋肉をほぐすためのものではなかった。オイルまみれの手指が両脚を撫でまわし、太腿の付け根まで到達すると、裕作の腰は浮きあがった。うつ伏せ以上、四つん這い未満の中途半端な格好だ。恥ずかしかったが、勃起の勢いがすごすぎて、完全なるうつ伏せの状態を保っていられない。

「あっ、あのうっ……」

恥ずかしさを誤魔化すために声をあげた。

「まっ、まさかとは思いますが……お義母《かあ》さんが働いているのって、メンズエステのお店なんですか？」

「やあねえ……」

義母は太腿の付け根をぐいぐいと揉みながら苦笑した。

「そんなわけないじゃない。うちのお客さんは女の人ばっかり」

「でもその……なんか男を気持よくすることに長けているような……」

「男も女も、ついているものが違うだけで、基本的には同じなのよ。同じようなことをすれば気持よくなるの」

「なっ、なるほど……」

先ほど義母が言っていた「すっきりさせてあげる技術」とは、そういう意味だったのか……。

「うちは極めて健全なエステ店なんだけどね、でも時々いるわけよ。オイルマッサージで気持ちよくなっちゃって、性感帯まで刺激してっていうお客さんが……」

「とっ、とんでもない痛客ですね！　ＳＮＳでさらしたほうがいいですよ」

「馬鹿なこと言わないでちょうだい。高いお金を頂いているんだから、イカせてほしいお客さんはイカせてあげる……それがわたしのやり方」

「そっ、そうなんですか……」

裕作は返す言葉を失った。と同時に、義母が女性客相手に性感マッサージをしている様子を生々しく想像してしまった。香澄と菜未の父親が違うということは、義母はバツ二であり、今回で三回目の結婚ということになる。男嫌いなわけがないが、そんな彼女がレズビアンもどきの性感マッサージをしているなんて……。

「ううう っ！」

義母が背中に馬乗りになってきたので、裕作はうめいた。浮かせていた腰を押しつぶされた形になり、勃起しきったペニスが自分の体とベッドに挟まれて息もできない。だがそれ以上に、背中にとんでもない異変を感じた。

義母はワンピースタイプのユニフォームを着ていた。そんな格好で男の背中にまたがってくれれば、当然股間があたるはずだ。実際、あたっているのだが、妙にヌルヌルしていた。パンティの生地の感触が、まったくしなかったのである。

（まっ、まさか……ノーパンなのかっ！）

叫び声をあげそうなほど動揺している裕作をよそに、義母は左右の脇腹を撫でまわしてきた。そのまま胸のほうに手指をもぐりこませてきて、乳首をいじりはじめる。

「くっ、くぅううっ！　くぅうううーっ！」

裕作は身をよじって悶絶しなければならなかった。乳首を愛撫されたことなどなかったからである。乳首が性感帯という男もいるようだが、自分は違うと思っていた。いまこの瞬間までは……。

（きっ、気持ちいいっ……気持よすぎるだろっ……）

アロマオイルですべる指先で、コチョコチョ、コチョコチョ、とくすぐるように撫でられると、電流じみた快感が胸の奥まで染みこんできた。しかも、背中にはノーパンの股間があたっている。貝肉質の花びらが、ヌルリッ、ヌルリッ、と腰から背中にかけてすべっているのである。

「おおおっ……おおおっ……」

裕作は野太い声をもらし、股間をベッドにこすりつけた。より正確に言えば、勃起しきったペニスを押しつけ、顔を真っ赤にして身悶えた。

(こっ、これはっ……このやり方はっ……)

うつ伏せになってペニスをベッドに押しつけるというオナニーの方法を、ネット記事で読んだことがある。肉棒をしごくのではなく、亀頭をマッサージするのでもなく、ノーハンドでベッドにぐいぐいと押しつけるのだ。

圧迫オナニー、床オナニーとも呼ばれるこのやり方が、最高に気持ちがいいという説もあれば、射精障害に至る危険を孕《はら》んだ禁断の方法だと警鐘を鳴らす向きもある。賛否両論はあるものの、一定数の支持者はいるらしい。裕作はやったことがなかったが、こんな形で経験することになろうとは夢にも思っていなかった。

しかも……。

このやり方なら、義母はペニスに触らないですむのだ。「抜いてあげる」という言葉から、手コキのようなことを想像していた裕作だったが、義母はまったく違うことを考えていたらしい。

義理とはいえ、母と息子だった。できることなら、なるべく淫らなことはしないほうがいい。オイルマッサージでオナニー補助はするけれど、それ以上のことはしなくても、充分な快感を与えることができる……。

恐ろしい人だと思った。

なるほど、これならそれほど罪悪感を抱くことなく、射精に至ることができるだろう。それどころか、病みつきになってしまう可能性すらある。

それくらい、義母の与えてくれた快感はすさまじいものだった。オイルの心地よさと禁断の刺激が寄せては返す波のように訪れて、快楽の海に溺れてしまいそうだった。射精の前兆で、早くもペニスの芯が熱く疼きはじめる。

しかし……。

「まだ出したらダメだからね……」

義母は甘い声でささやくと、裕作の体をうつ伏せからあお向けにひっくり返した。

5

ハアハアと息をはずませている裕作の右側から、義母は身を寄せてきた。寄り添って寝ている格好だが、なにしろ狭いシングルベッドの上なので、必然的に体が密着していく。

（あっ、脚がっ……生脚がっ……）

義母が生脚を裕作の脚にからみつけてきた。からみつけて、すりすりとこする。見るからに白く輝く美脚だったが、シルクのようになめらかな感触が女らしく、裕作の呼吸はますますはずんでいく。

体と体が密着しているということは、顔と顔とも当然、息がかかるほどの至近距離にある。

「ねえ……」

義母が甘い吐息を振りまきながらささやいてきた。

「キスしましょうよ」

「ええっ？」

裕作の心臓はドキンッとひとつ跳ねあがった。

「そっ、それはまずいんじゃないでしょうか……」

たとえペニスが爆発しそうなほど興奮しても、手指で体を触られているだけなら、これはあくまでマッサージだと言い訳することができるだろう。しかし、キスはダメだ。唇と唇を重ねるのは、愛しあう者同士だけに与えられた特権である。

「どうしてよ？　母親と息子がキスするなんて、欧米なら普通じゃない？」

義母は悪戯っぽく唇を尖らせて口づけを求めてきたが、ここは欧米ではない。裕作があまりに動揺しているので、

「ま、いいけどね……」

義母はようやく諦めてくれた。しかし、キスをするかわりに彼女が行なったのは、裕作の乳首を舐めることだった。

「ぬおおおおーっ！」

裕作はブリッジするように背中を反り返した。先ほど指先で念入りにくすぐられた乳首は、異常に感度が高まっていた。義母によって、性感帯として開発されたと言ってもいい。

義母はその乳首をねちっこく舐め転がしてきた。指とアロマオイルのハーモニーも素晴らしかったが、生温かくヌメヌメした舌の感触はそれ以上にいやらしかったし、なにより舐め顔がエロティックすぎた。

（スッ、スケベすぎるだろっ……そんなスケベな顔していいのかよっ……）

伸ばした舌の先っぽを尖らせて、チロチロ、チロチロ、と乳首を舐めては、時折、上眼遣いをこちらに向ける。元が清楚な美人なだけに、舐め顔とのギャップがすごい。この顔を思いだすだけで、これから何度でもオナニーできそうだ。

しかも、義母の攻撃は乳首舐めだけに留《とど》まらなかった。

「おおおうっ！」

乳首に意識を奪われていた裕作は、唐突にペニスを握られて声をあげた。義母は上眼遣いでこちらを見たままだった。つまり、ノールックでペニスを握り、スローピッチでしごきはじめたのである。

「おおおおおっ……」

握られてしごかれる手コキの快感は、自分でベッドに押しつけるのとはレベルが違った。自分にはやはり、圧迫オナニーより肉の棒をしごくスタイルのほうが合っているようだ。

しかも、しごいているのは女も昇天させる恐るべきエステティシャンである。その手にはまだ、アロマオイルのヌルヌルが残っていたから、自分でしごくより何百倍も気持ちがいい。

さらにオイルが追加されると、義母の手筒の中はぐちゅぐちゅになり、まるで女性器のような感触までしはじめる。

「おおおおっ……ぬおおおおおっ……」

裕作は身をよじってのたうちまわった。菜未も手コキ巧者だったが、義母はさらにその上をいっている。緩急や強弱をつけるのはもちろん、アロマオイルでヌメッた手のひらで亀頭を撫でまわしたり、カリのくびれを集中的にこすりたててきたり、男の性感帯を知り尽くしたような手つきで裕作をみるみる射精寸前まで追いこんでは、愛撫の手綱《たづな》をゆるめて焦《じ》らしてくる。

たまらなかった。

裕作は全身の血が沸騰しそうなほど興奮し、ハアハアと激しく息をはずませた。顔中から汗が噴きだしてきたが、拭っている暇はなかった。義母の手コキはまるでジェットコースターに乗せられたようで、じわじわと快感を高められては、叫び声をあげたくなるような急降下が訪れる。だが、もうダメだと諦めた瞬間、刺激がストップして、またじわじわと快楽を高められるのだ。

焦らしたほうが快感が高まることくらい、裕作だって知っていた。オナニーだってそうであり、興奮にまかせて最短時間でイッてしまうのは味気ないものだ。

とはいえ、義母の焦らしは執拗で、ずちゅぐちゅっ、ずちゅぐちゅっ、とオイルまみれの手筒で射精寸前までしごいては、急ブレーキを踏んでくる。そうしつつも、乳首をチロチロ舐めているし、時折チューチュー吸ってくるし、なんなら反対側の乳首も指先で転がしているのだ。

（ダッ、ダメだっ……もうダメだっ……）

いくら遅漏気味の裕作とはいえ、ここまでされたら射精をこらえきることなど不可能だった。出したくて出したくて辛抱たまらなくなり、すがるような眼つきで義母を見た。

「もっ、もうっ……イカせてくださいっ……」

涙ぐんだ声で哀願すると、

「もうイキたいの？」

義母は意味ありげな笑みを浮かべ、

「じゃあ、キスしてくれたらイカせてあげる」

唇を差しだしてきた。

「ううっ……」

裕作は汗まみれの顔を歪めた。義母とキスなどすべきではないとわかっていても、もはや背に腹は替えられない。それどころか、眉根を寄せて唇を尖らせている義母のおねだり顔に悩殺されて、なにも考えられなくなっていく。

「……ぅんんっ！」

唇を重ねると、義母はすかさず舌を差しだしてきた。裕作が口を開くと、舌と舌をねっとりとからめ、音をたてて唾液を啜《すす》ってきた。さらには唇の裏側や、歯や歯茎まで、口の中を満遍《まんべん》なく舐めまわされる。

「うんぐっ！　うぐぐっ！」

息もできなくらい濃厚なキスに、裕作は悶絶してしまった。欧米の母と息子もキスくらいはするだろうが、それは親愛の情を示すためのものであり、こんなふうに淫らなキスなわけがない。

しかし義母は、裕作の舌をしゃぶりまわしながら、じゅるじゅると音をたてて唾液まで啜ってくる。そうしつつも、すこすこっ、すこすこっ、と肉の棒をフルピッチでしごきたててくる。

言葉にされなくても、それがフィニッシュに向かうしごき方であると、裕作にはわかった。

「うんぐうっ！　ぅんぐううううーっ！」

チューッと強く舌を吸われながら、裕作は果てた。勃起しきったペニスがドクンッと震え、先端から煮えたぎりそうな熱いスペルマが放出された。裕作が射精に達したことを、義母はノールックでも気づいたようだった。

しつこく舌を吸いたてながらも、肉棒をしごくピッチをゆっくりとスローダウンさせていった。ドクンッ、ドクンッ、ドクンッ、と射精は長々と続いたが、最後の一滴を出すと同時に、手指の動きをストップさせた。見事なタイミングという他なかった。

「ふふっ、いっぱい出たね……」

射精を遂げたペニスをチラと見てから、義母は笑いかけてきた。

「やっぱり若いんだなあ。精子の量もびっくりするくらい多いし、オチンチンもまだ勃ったままだし……」

「いっ、いやあ……」

裕作は笑い返そうとしたが、うまく笑うことができなかった。盛大な射精を遂げたあとなので、放心状態に陥っていた。

そんな裕作を尻目に、

「なんだかわたしも……興奮してきちゃった……」

義母は甘い吐息を振りまきながらささやくと、右手を自分の口許にもっていった。裕作を射精に導いたばかりの手指はアロマオイルでテラテラと光り、さらに湯気が立ちそうな白濁液までねっちょりと付着している。

義母がためらうことなくそれを舐めはじめたので、裕作はのけぞりそうになった。なんとか放心状態から脱出して義母を見ると、その眼には妖《あや》しい光がともっていた。いままでとどこか違う、淫らなメスの眼つきだった。

「ねえ、裕作くん、わたしも気持ちよくなっていいかな？」

裕作は金縛りに遭ったように固まって、声を出すことすらできなかった。

「絶対誰にも言っちゃダメよ。わたしも裕作くんの秘密を守るから、裕作くんも絶対誰にも言わないで……」

義母はメスの眼つきをますます潤ませて言うと、右手を自分の下半身に伸ばしていった。義母はエステサロンのユニフォームらしき、ストレッチのきいた紺色のワンピースを着ている。裾丈が短めなので、ずりあがると太腿が露わだ。

義母の右手はワンピースの裾にもぐりこんでいった。裕作は彼女がなにをしようとしているのかわからなかった。しかしそれも一瞬のことで、次の瞬間、

「ああぁっ……」

義母は眉根を寄せて悩ましい声をもらした。

（まっ、まさかっ……まさかオナニーをっ……）

それ以外に考えられなかった、しかも、義母はどういうわけかノーパンなので、ワンピースの裾に手指をもぐりこませれば、すぐに直接感じる部分に触れることができる。実際、一分と経たないうちに、ぴちゃぴちゃ、くちゃくちゃ、といやらしい音が聞こえてきた。

「ああっ、いやっ……最近してなかったから、すごく気持ちいいっ……ねえ、裕作く

ん、すごく気持ちいいのっ……」

瞳を潤ませてそんなことを言われても、裕作にはどうしていいかわからなかった。大学時代はヤリマンたちに押し倒され、香澄や菜未にも強引にセックスに誘われたようなものだったが、義母ほどいやらしい女を見たのは初めてだった。いきなり人前でオナニーするなんて、普通だったらあり得ない。

（いやいやいや、そういう考えはよくないんじゃないか……こっちだって義理の姉妹のパンツの匂いを嗅いでオナニーしてたわけで……人間、性欲がこらえきれないことくらいあるよ。いくら清楚な美人だって、人間なんだから……）

裕作は自分に言い聞かせると、

「もっ、もっと気持ちよくなってください」

ハアハアと息をはずませている義母にささやいた。

「秘密は絶対に守りますから、どうぞもっと気持よく……」

「本当？」

義母の眼が妖しく光った。

「じゃあ、わたしがいちばん感じる方法でしてもいい？」

「どっ、どうぞ……」

裕作がこわばりきった顔で答えると、

「わたしね……」

義母は上体を起こした。なにを始めるのかと身構えた裕作を尻目に、そのまま立ちあがってしまう。

「人に見られながらオナニーすると、ものすごく感じるの。たぶん、すぐイッちゃうけど、笑わないでね……」

立ちあがった義母の左右の足が、裕作の顔の両サイドにくる。顔をまたいだ体勢で、ゆっくりと腰を落としてくる。相撲の蹲踞《そんきょ》のような格好で……。

（うっ、嘘だろっ……）

裕作はまばたきも呼吸もできなくなった。義母は最後まで腰を落とさず、ガニ股の格好でワンピースの裾に右手を入れた。ワンピースの裾はぎりぎり股間を隠していたが、右手が入った瞬間、チラリと見えた。

パイパンだった。女子大生の菜未がＶＩＯをきれいに処理しているご時世だ。エステティシャンの義母がパイパンであることくらい想像がついていたが、左右の花びらがやけに大ぶりで黒ずんでいた。菜未に比べ、あまりにもアダルトだった。大人の女の迫力に、裕作は圧倒された。

「あああっ……」

金縛りに遭ったように動けない裕作を艶《あで》やかな眼つきで眺めながら、義母は右手の指を動かしはじめた。中指を割れ目に添え、尺取虫のようにくねくねさせる。残念ながら、他の指が邪魔をして黒い花びらはよく見えない。

それでも、義母の股間と裕作の顔は三〇センチほどしか離れていないから、ぴちゃぴちゃっ、くちゃくちゃっ、と柔肉をこねまわす音が聞こえてきた。さらに、女が発情している証拠である獣じみた匂いも、淫らな熱気とともにむんむんと漂ってくる。

「ああっ、見てっ……もっとよく見てえっ……」

清楚な顔を興奮に紅潮させた義母は、割れ目の両サイドに人差し指と中指をあてがった。ぐいっとひろげて逆Vサインをつくると、黒い花びらの奥に隠れていた薄桃色の粘膜を露わにした。

（うっ、うわあああーっ！）

AV女優も裸足で逃げだすような大胆さに、裕作はもう少しで叫び声をあげてしまうところだった。義母が限界まで割れ目をひろげているから、花びらの合わせ目に沈んでいたクリトリスまで視界に飛びこんできた。小粒の真珠くらいありそうな、存在感のある肉芽だった。

「ああんっ」

義母は中指を立てると、それを撫で転がしはじめた。さすがエステティシャンというべきなのか、AVですら見たことがないほどのいやらしすぎる動きだった。縦の動きで転がしていたかと思えば、すかさず横の動きも入れてくる。緩急のきいた指の動きに体も呼応して、腰が淫らにくねりはじめる。そもそも卑猥すぎるガニ股で立っているのに、腰までくねらせるといやらしすぎて眩暈がする。

「ああっ、ダメッ……もうダメッ……」

半開きの唇をぶるぶると震わせながら、義母は声を上ずらせた。

「もうイッちゃうっ……裕作くん、見ててっ……ママがイクところ、しっかり見ててえええええーっ！」

ビクンッ、ビクンッ、と腰を跳ねさせて、義母は果てた。眉間の縦皺を限界まで深めた顔がいやらしすぎた。喜悦を噛みしめるように身をよじる動きもそうだった。やがてイキきると、「はぁああっ……」と空気が抜けるような声をもらして、裕作のお腹の上に座ってきた。

「ふふっ、イッちゃった……」

アクメの余韻で紅潮したままの顔で笑いかけられても、裕作はとても笑い返せなかった。お腹の上に、ひどく熱くなっているヌメヌメの柔肉を感じていた。射精したばかりにもかかわらず、ペニスは限界を超えて硬くなり、釣りあげられたばかりの魚のようにビクビクと跳ねていた。

第四章　僕をセフレに？

1

「それじゃあ、行ってくるわね」

ツバの広い女優帽を被ってリゾート仕様のファッションに身を包んだ義母を、裕作と香澄と菜未は玄関で見送った。父は先に外に出ていて、決まりの悪そうな様子でこちらを見ていた。黙っていたが、裕作を一瞥したその顔には、「しっかり頼むぞ」と書いてあった。

土曜日の早朝だった。週末になると地方へ商談に行くのがいつもの父のルーティンなのだが、今回の行き先は沖縄。商談もややこしくないとかで、義母を帯同してちょっとリッチなリゾートホテルに泊まることにしたらしい。

新婚旅行というには、一泊二日の国内旅行では少し淋しい気もするけれど、お互い多忙な中でよくスケジュールが合ったものだと、子供たちは祝福した。五十五歳と四十五歳の結婚——父が再婚なら、義母は再々婚なので、結婚式も挙げていない。ふたりともひどく照れくさそうにしていたけれど、せいぜい楽しんできてほしいと裕作は思った。義姉や義妹もきっとそうだろう。

「あーあ、わたしも旅行行きたくなっちゃったな」

玄関扉が閉まると、菜未が大きく伸びをしながら言った。

「ねえ、おにいちゃん、これから一緒に箱根の温泉でも行かない？　お金はわたしが出すからさ」

香澄が酸っぱい顔をしたが、裕作はそれ以上に顔をしかめた。

「馬鹿なこと言わないでもらえるかな。僕には今日、大切な用事があるんだ」

「なによ？」

「ファミレス時代の先輩とランチを食べるんだよ。たぶん、仕事を紹介してくれるんだと思う」

「前のお店に戻るわけ？」

「それはないだろうけど……いろいろと顔の広い人だからさ」

「へええ、じゃあいよいよこどおじ卒業ね。がんばってー」

完全なる棒読み口調で菜未が言い、裕作は胸底で舌打ちした。こどおじ呼ばわりはごめんだし、応援するならもうちょっと気持ちをこめてもらいたいものだ。

（しかし、ここらでマジでがんばらないと、本当にこどおじになっちまうよな……）

裕作の引きこもり生活は七カ月目に突入していた。これ以上ダラダラした生活を続けていると、社会復帰に必要な気力も潰えてしまいそうだ。

「裕作くん、どこでその先輩と会うの？」

香澄が訊ねてきたので、

「えっ？　新宿ですけど……」

裕作はキョトンとした顔で答えた。

「やだ、偶然。わたしも今日、新宿のホテルで友達とアフタヌーンティーなの。一緒に家を出ようか」

香澄は軽やかに誘ってきたが、

「あっ、いや……」

裕作は気まずげに顔をひきつらせた。

「アッ、アフタヌーンってことは、午後ですよね？　こっちはランチですから、出るのがちょっと早いので……」

早口でそれだけ言い残すと、逃げるように階段を駆けあがっていった。

ひとつ屋根の下に住んでいるとはいえ、香澄と仲よくなったという実感はない。炊事・洗濯・掃除にコキ使われているだけで、まともな会話さえ交わしていない。唯一ふたりの距離が接近したのは、泥酔した彼女に押し倒されてセックスしたことだけなのだ。

そうなると、ふたりきりになってもなにを話していいかわからない。香澄としては、同居人と気さくに話せる関係になりたいのかもしれないが、こちらとしてはちょっと無理だ。なにしろ香澄だけではなく、菜未ともセックスしてしまったし、挙げ句の果てには義母に手コキまで……。

同居人というか、新しい家族というか、香澄や菜未のことを考えると、心がモヤっいてしようがなかったが、今日はそれどころではなかった。

午前十一時、裕作は家を出て新宿に向かった。

待ち合わせ場所は、食べ放題飲み放題の激安しゃぶしゃぶ店——女子高生に大人気なほどリーズナブルなのに、かなりおいしいと評判の店で、裕作も以前から一度訪れてみたいと思っていたところだ。

「あっ、どうも……」

店の前で待っていると、ファミレス時代の先輩である仲林賢《なかばやしけん》が現れた。いつだって飄々《ひょうひょう》としているが、仕事はきっちりしているし、責任感も強く、裕作はバイト時代に彼から接客のイロハを叩きこまれた。二年ほど前に市ヶ谷店から新大久保店に移動となったので、裕作は退職するとき相談できなかった。それでもなにかと気にかけてくれ、LINEのやりとりなどは現在まで続いている。

「とりあえず、入ろうか」

仲林に続いて店に入った。席に着くと軽くビールを飲みながら、しゃぶしゃぶを食べた。評判通りにおいしかった。

「おまえもひどい目に遭ったよなあ……」

食事が一段落すると、仲林が話を切りだしてきた。

「村越《むらこし》のやつ、クビになったって知ってた？」

「えっ？」

裕作は眼を見開いた。村越というのは、裕作が辞表を出した市ヶ谷店の店長だ。

「しっ、知らなかったです……」

「村越の野郎、仕事は手抜きばっかりのくせに、バイトの女の子にはマメに手を出しててさ。女の子同士の痴話喧嘩が始まって、悪事が全部めくれたってわけ。裕作、おまえ村越のワルサ知ってただろ？　知ってたからやめたんだろ？」

「いえ、その……」

裕作は言葉を濁した。知っていたといっても噂レベルだし、他店に移動してしまった先輩に密告するより、自分が店をやめたほうが潔いと思ったのだ。

「まあ、あんなセクハラ・ヤリチン野郎のことはどうでもいいや。今日呼びだしたのはさ、裕作、おまえに力を貸してほしいからなんだよ」

仲林の話は、要約すればこういうことだった。ふたりが働いていたファミレスは専門店のチェーンもいくつかもっている。ステーキハウス、カレースタンド、海鮮居酒屋などで、まだ数は少ないが蕎麦《そば》の店も展開していた。首都圏にはないので裕作は足を運んだことがないが、かなり本格的な十割蕎麦を提供しているらしい。

「俺、もともと蕎麦っ食いだし、蕎麦屋にも興味があるって話をしてたらさ、親会社から新しく出す店の店長をやってみないか、って言われてね」

「いいじゃないですか。栄転ですね」

「でも、場所が長野なんだよなあ」

「ええっ？」

「こっちもまだ独身だから長野に行くのはいいんだけど、やっぱり気心が知れてる仲間と一緒のほうが仕事もやりやすいじゃん。なあ裕作、俺と一緒に長野に行かないか。心配しなくても、おまえが退職した経緯については、村越のマネージメントミスってことで、親会社の誤解をといておいた。再雇用になんの問題もない」

「でもその……長野ですか……」

裕作は眼を泳がせた。仲林に対する信頼は厚いので、新しくできる店が都内のどこかなら、通勤時間が少々長くてもふたつ返事で快諾しただろう。しかし、長野となると話は違ってくる。

裕作は生まれ育った東京に愛着があるし、世界中でここより便利な場所はないと思っている。思い出だってたくさんあれば、数少ないが気の置けない友達だっている。なにより、居心地のいい実家から離れることに尻込みせずにいられなかった。父の再婚によって、おひとり様天国は崩壊してしまったけれど、それでも安アパートよりはずっと快適な住環境なうえ、家賃も光熱費もタダ。なんなら、食費として父にお金をもらっているくらいなのだ。

「裕作、おまえ東京生まれ、東京育ちだろ？」

「はあ……」

「俺もそうだけどさ、若いうちに五年とか十年、東京を離れておくのも悪くないと思うんだよね。そんな難しく考えることはない。ちょっくら長野に引っ越して、きれいな空気と雄大な景色を満喫しながら、新しい店を一からつくってみようじゃねえか。こんなチャンス、きっと人生に何度もないぜ」

「……たしかに」

裕作は腕組みをして唸った。いくら東京に愛着があっても、このまま東京にいたところで、再就職活動はどんづまりで、明るい未来が期待できるわけではないのも事実なのだ。ならば渡りに船とばかりに、仲林の誘いに乗ってしまうのも悪くないような気がしたが……。

「とりあえず、何日か考えさせてもらってもいいですか？」

「ああっ、もちろん」

仲林は笑顔でうなずいた。

「自分の将来がかかっている問題なんだから、じっくり考えてくれ。ただ、正直言ってこっちにも時間がない……一週間……できれば三日くらいで決めてくれると助かるんだがな」

「わかりました」

裕作がしっかりとうなずくと、仲林も満足げにうなずき返してくれた。

2

土曜の午後の新宿はけっこうなにぎわいで、半年以上前から引きこもり生活を続けている裕作は、人混みに酔ってしまいそうだった。

とはいえ、にぎやかな人混みの中をあてもなくさまようという行為は、あんがい考え事に向いている。

裕作には考えなければならないことがあった。できれば誰かに相談したい案件だったが、裕作には再就職や地方への移住というシリアスな問題を相談できそうな年上の友人知人がいなかった。唯一いるとすれば仲林なのだが、当の本人から誘いを受けているのだから、相談のしようがない。

かといって、お互い干渉しないことでいままでうまくやってきた父に相談するのも気が引ける。だいたい父は、いまごろ沖縄でプチ新婚旅行を満喫中だ。

（こういうとき、兄貴とかいてくれたらなあ……）

ひとりっ子の裕作は、二十五年間生きている中で、いままで何度もそう思ったことがあった。受験で志望校を決めるとき、バイトしているファミレスにそのまま就職してしまっていいかどうか悩んでいたとき、あるいは理不尽な境遇に耐えかねてそのファミレスをやめたとき……。

「……んっ？」

ポケットの中でスマホがヴァイブしたので、取りだした。ＬＩＮＥのメッセージが届いていた。香澄からだった。

――まだ新宿にいる？　アフタヌーンティー、友達にドタキャンされちゃって、暇だったら一緒にどう？

道の端に寄ってＬＩＮＥを読んだ裕作は、うんざりした顔で溜息をもらした。どういうつもりか知らないが、自分が暇だからといってこちらまで暇だと思われるのは心外である。たしかにぶらぶらしているが、心中は将来に対する不安と期待で掻き乱され、優雅にアフタヌーンティーなどしている場合ではないのだ。

だが、断りのＬＩＮＥを入れようとして、指をとめた。

(待てよ。兄貴はいなくても、香澄さんは義理とはいえいちおう姉貴……)

社会人としての実績は、裕作などが足元にも及ばないバリバリのキャリアウーマンである。もしかすると、将来について相談するのに、彼女こそうってつけの相手なのではないだろうか？

(そうだよ。あの人、酔っ払うとあれだけど……)

普段は真面目を通り越して堅物とも言える性格だし、話を聞いてもらう価値はありそうだった。行ったことはないし、はっきり言って興味もないが、アフタヌーンティーというのは、おしゃれな場所で豪華なスイーツを楽しむお茶会のことだろう。お茶を飲むだけなら、以前のようにエッチな態度で迫られる心配もない。

――いま歌舞伎町ですけど、合流してもいいですか？

ＬＩＮＥを返すと、香澄はすぐに待ち合わせ場所を指定してきた。徒歩十五分ほどのところにある、シティホテルのロビーだった。

目的地に到着すると、香澄はソファに座ってスマホをいじっていた。裕作は一瞬、立ちどまってしまった。ほぼ同時に、香澄が裕作に気づいてソファから立ちあがった。その伸びやかな肢体は、白地に深紅の薔薇柄のワンピースで飾られていた。

（なっ、なんだその格好……）

香澄は普段、出勤するときはかならずタイトスーツ——色はいちおう濃紺、黒、グレイとあるが、デザインが似たようなものだし、いつも同じ格好をしているような印象がある。休みの日に出かけるときでも、モノトーンのワンピースを着ているところしか見たことがない。

（やっぱり、高級ホテルでアフタヌーンティーとなると、それなりにドレスアップしてこなきゃいけないのか？）

着古したシャツに色褪《あ》せたジーンズ姿だった裕作は、背中に冷や汗が流れるのを感じた。白いパンプスの踵《かかと》をカツカツと鳴らして、香澄がこちらに近づいてくる。

「どっ、どうも……すっ、すいません……図々しく来ちゃたりして……」

裕作はしどろもどろになりながら、なんとか頭をさげた。

「いいの、いいの。お待ちかね」

ニヤニヤ笑いながら肩を叩いてきた香澄の態度が、違和感に拍車をかけた。薔薇柄のワンピースも彼女らしくなければ、笑顔を浮かべてやけに親和的な態度なのもおかしかった。いつだってツンツン澄ましているのが、香澄という女なのに……。

（まっ、まさか……）

アルコールが入っているのだろうか？　母親譲りの清楚な美貌がちょっと赤くなっているようだったので、疑惑が浮かんでくる。しかし、アフタヌーンティーの前に、真っ昼間から酒を飲む人なんているのだろうか？

不可解に思いながらも、香澄にうながされてティールームに入った。窓も巨大なら天井も高い贅を尽くした空間で、夜になるとバースペースになるらしい。まわりはめかしこんだ女性客ばかりだったので、裕作は居心地の悪さを感じた。

香澄があらかじめコースを予約してあったらしく、メニューが提供されることはなかった。黙っていても、黒服の店員がきびきびした動きで、トレイが三段重なったスイーツスタンドを運んできてくれた。

真っ赤なイチゴが眼を惹く、見るからにSNS映えを意識したものだった。女性客に人気が高いのもうなずける。色鮮やかなフルーツを使ったスイーツ以外にも、サンドウィッチやスコーンが載っていてかなり豪華――それはいいのだが、ドリンクがシャンパンだった。

「おっ、お茶じゃないんですか？　アフタヌーンティーですよね？　ティー」

裕作が顔をひきつらせると、

「紅茶もいいけど、スイーツにはやっぱり辛口のシャンパンよ」

香澄は得意げに胸を張り、フルートグラスを掲げて乾杯となる。

(甘かった……考えが甘すぎた……)

気がつけばフルートグラスを手にシャンパンを飲んでいる――既視感のある光景だった。裕作は、菜未にジャグジーバスつきのカラオケ店に連れこまれたときのことを思いだしていた。あのときも、気がつけばキンキンに冷えたシャンパンボトルが用意されていた。たとえ父親が違っても、顔立ちや性格が似ていなくても、香澄と菜未はやはり姉妹なのだ。

「おいしい！」

香澄は辛口のシャンパンとイチゴのケーキのマリアージュに舌鼓《したつづみ》を打ち、満面の笑みを浮かべている。

たしかにおいしかった。スイーツなんてコンビニで売ってるプリンがいちばんおいしいと思っている裕作でも、手の込んだスイーツと辛口のシャンパンの組みあわせには唸るしかなかった。

しかし、シャンパンは口当たりがいいだけに酔うのが早い。三杯目に突入すると気持ちがよくなってきたが、香澄は眼に見えて酔っ払いはじめた。要するに、再就職や長野への引っ越しについて、相談するムードではまったくなくなった。

「あのね、裕作くん。今日はあなたににちょっと相談したいことがあったの」

「はあ……」

相談したいのはこっちだったのに、と裕作は胸底で溜息をついた。

「内緒の話だから、こっち来て」

香澄が手招きする。裕作と香澄は相対して座っていた。裕作は普通の椅子だったが、香澄のほうはソファ席だ。その隣に移動してこいという。

「いや、でも……」

裕作は困惑顔でためらうしかなかった。席と席の間隔は充分に空いているから内緒話に支障はなさそうだったし、女性客ばかりの店内でカップルのように振る舞うのも気が引ける。

だが香澄は、

「早くこっちっ！」

ソファの隣をバンバン叩き、眼を据わらせて裕作を睨んできた。

（まいったなあ……）

しかたなく裕作は、フルートグラスを持ってこそこそと香澄の隣に移動した。カップルでもないのにカップルだと思われそうなのがつらかった。

「ねえ、裕作くん……」

一方の香澄はまわりの視線などきっぱり無視して身を寄せてきた。

「あなた、結婚について考えたことある？」

「はっ？　けっ、結婚？　ないんですよそんなこと……」

さすがに、無職の身空で結婚を考えるほど図々しくはない。そもそも裕作は、結婚以前にまともな恋愛すらしたことがないのだ。

「わたしはね、けっこう真面目に考えてる。いま二十六歳でしょ？　できれば三十歳まではしたいけど、まあ、仕事との折り合いもあるから、最低でも三十二歳までにはしたいわね」

「できるんじゃないですか、香澄さんなら……」

裕作は棒読み口調で答えた。

「わたしもそう思う。だっていままでの人生、計画通りにいかなかったことひとつもないんだもの。受験だって就職だって、目標を決めて努力を重ねて、全部第一志望をゲット……でもね、結婚だけはそんなにうまくいかない気がするのよ。だって相手がいることじゃない？」

「まあ、そうですね……」

「相手の本性をきちんと見極めないと」

「賢明な態度だと思います」

「でもね、条件のいい相手を探して、本性もしっかり見極めるためには、やっぱり時間がかかるじゃない？　ってなると、その間がとっても淋しいのよね……」

こちらを見つめている香澄の眼が、まばたきをしなくなった。かわりに黒い瞳が潤んでくる。ねっとりとセクシーに……。

「だから、協定を結ばない？　わたしと裕作くんは絶対結婚できないじゃない？　いちおうはきょうだいだし、あなたはわたしみたいな女と結婚なんてしたくないでしょう？　男って、自分より馬鹿な女が好きだもんね？　わたしじゃ無理よ。もちろん、わたしだってあなたは好みじゃない。好みじゃないけど……この前はとっても楽しかったわけ……」

ささやきながら、香澄はどんどん身を寄せてくる。唇が横顔に接近しすぎて、頰に吐息を感じる。さらに太腿の上に手まで置いてきた。まわりの視線が気になってしょうがない裕作は、まっすぐ前を向いたまま動けない。

「楽しかったっていうか、気持ちがよくってすっきりした……ああっ、女にはやっぱりセックスが必要なんだと思ったわけよ。翌朝のお化粧のノリが全然違うし、なんとなく気分も明るくなってね。裕作くんはどうだった？」

「どっ、どうって言われても……」

どうでもいいから近づきすぎた顔をどうにかしてほしかった。

「裕作くんにだってわたしと協定を結ぶメリットはあるわよ。わたしで経験を積んでおけば、いざ本番の恋愛になったとき絶対にアドヴァンテージがある。経験不足の男くらい、女を苛々させる存在はないからね。それにもちろん、お似合いな女の子がいたらどんどん紹介してあげる。どうかしら？」

「いっ、いやあ……」

裕作はにわかに言葉を返せなかった。要するに香澄は、義理の弟に向かってセックスフレンドにならないかと言っているのだ。いや、セフレどころか欲望の処理係になれと……。

唖然とするほど大胆かつ常識はずれな提案だったが、普通に考えれば悪くない話かもしれなかった。いや、悪くないどころか、タコ踊りをして喜んでしかるべき誘いと言ってもいい。なにしろ香澄は麗《うるわ》しき高嶺の花、中身はともかく、顔面偏差値も高ければ、スレンダーなスタイルも抜群に美しいのである。

しかし、裕作と香澄はひとつ屋根の下に住んでいる。同じ家には菜未もいる。父親の違う姉にライバル心を燃やす小悪魔な義妹が……さらには、娘たちには手を出さないでと手コキをしてきた義母までいるのである。そんな中、香澄と淫らな協定を結び、頻繁《ひんぱん》にセックスしていたりしたら、待っているのは地獄だけだ。

「心配しなくても大丈夫」

香澄がふっと笑って顔を離した。ようやく横を向けるようになった裕作が様子をうかがうと、眼を据わらせたまま口許だけで笑う、お得意のデビルスマイルを浮かべていた。

「もう家では悪いことしないから。うちの中ではいままで通り、わたしはツンツンした態度の悪い義姉《ねえ》さんで、あなたはおどおどしたこどおじ予備軍。事務的な話以外は絶対しないで、仲がいいのは隠しきるの。うちの中でセックスしなくても、セックスできるところなんていくらでもあるから……」

長い脚をさっと組むと、薔薇のワンピースの裾から膝が露出した。ナチュラルカラーのストッキングに包まれて、美脚がキラキラと輝いている。

「わたし、夏のボーナス全然使ってないのよねえ……」

遠い眼をして問わず語りに言葉を継ぐ。

「ううん、ボーナスだけじゃない。そこそこいいお給料もらってるのに、使い道がないから貯金が増えていくばっかり……そういうのも、なんだか最近虚《むな》しく思えちゃってねえ……」

なんの話をしているのかわからず、裕作はボケッとするばかりだ。

「このホテルの部屋、とっちゃおうか？」

香澄の放ったひと言に、裕作の心臓は停まりそうになった。

3

香澄をタクシーの後部座席に押しこみ、裕作は自宅の住所を運転手に告げた。新宿から練馬までだと一万円近くかかりそうだったが、そんなことは言っていられなかった。

高級ホテルに泊まってセックスをしようと迫ってくる香澄をなだめるのは大変だった。とはいえ、裕作としても言いなりになるわけにはいかず、押し問答が続いた。

「なんなのもう！　裕作くんって、もうちょっと話のわかる男かと思ってたのに、女に恥をかかせるのね」

「いやいや、勘弁してくださいよ……」

「わかった、もういい。こうなったら自棄酒よ」

香澄はフルートグラスを傾けてシャンパンを呷った。アフタヌーンティーのコースはシャンパンが飲み放題らしく、五杯も六杯も飲んだ。やがてアフタヌーンティーの時間が終わり、店がバータイムに突入しても赤と白のワインボトルを一本ずつ入れて飲みつづけた。

当然のように、結果は泥酔——香澄はひとりでは歩けないほど酩酊し、裕作は彼女の体を支えながらなんとかタクシーに乗りこんだ、というわけである。

(まいったなあ……)

タクシーが練馬に向かって走りだすと、香澄は十秒くらいで寝落ちしてくれたので助かったけれど、まったくひどい目に遭った。

「香澄さんなら、素敵な男がすぐに見つかりますよ。結婚相手でも、恋人でも……セッ、セフレでも」

裕作は何度もそう言って彼女をなだめた。

「どうやって見つけるのよ?」

「いや、その……合コンとか?」

「合コンはひとりじゃ出られないわよね? 普通は友達何人かで参加するものよね? わたしの女友達、合コンに向いてるかどうか、あなたよく知ってるでしょう?」

たしかに知っていた。美人で頭もよくてお金もそこそこもっているから、上から目線でこちらを見下す嫌な女ばかりだった。

「じゃあ、その……マッチングアプリなんかは?」

「ダメよ、そんなの。素性のわからない男とセフレになんてなれない。ストーカーになられたらどうするの? エッチしているところ隠し撮りされて、お金を出せとか脅迫されたら、あなた責任とれるわけ?」

「そっ、そんな……世の中、そんなに悪いやつばかりじゃないですって」

「だからあなたはダメなのよ。人を見たら悪人と思わないと、自分が鴨にされるだけなのが弱肉強食の現代社会」

「そうかもしれませんが……」

「その点、裕作くんなら素性も知ってるし、悪いことされる可能性もゼロ。安心して心と体の隙間を埋めてもらえそうじゃない？」

「いやいや、でもその、いちおうきょうだいなわけで……」

「そんな形式上のことばっかりにこだわりなさんなって、何度言ったら理解できるわけ？」

収拾がつかなかった。そこが高級ホテルのティールームで本当によかった。酔った香澄は息がかかる距離まで顔を近づけてきたり、ボディタッチをしきりに繰り返したが、さすがにそれ以上のことはしてこなかった。ふたりきりの密室だったりしたら、また押し倒されてセックスになだれこんでいただろう。

（こんな人でも、淋しいんだな……）

酔いつぶれて眠ってしまった香澄の顔を横眼でうかがう。清楚な美貌に明晰な頭脳、学歴も立派で一流企業に勤めているキャリアウーマンでも、人肌が恋しい夜があるのか……。

贅沢な悩みだと、内心で苦笑する。裕作は二十五歳にして、彼女いない歴二十五年。セックスの経験は大学時代にヤリマンに押し倒されたことと、最近になって突然義理のきょうだいになった香澄や菜未の慰《なぐさ》み者になったことくらい……。

しかも、再就職さえままならない無職の身空というのが、なんともみじめだった。仲林は信頼できる男だし、彼が自分を必要としてくれるのなら、長野に行くのはやぶさかではない。だがなんとなく、東京でうまく生きられなかったから都落ちするみたいで格好が悪い気がした。生まれも育ちも東京なのに……。

「このあたりでいいですか？」

タクシーの運転手に声をかけられ、

「あっ、はい……おります、おります」

将来を憂《うれ》いてぼんやりしていた裕作は、ハッと顔をあげた。寝ている香澄を起こして、なんとかタクシーをおりた。香澄は完全に熟睡モードだったので簡単には起きてくれず、裕作は肩を貸し、引きずるようにして自宅の玄関に向かった。

「ちょっとっ！　しっかりしてくださいよっ！」

鍵《かぎ》を開けて中に入ったものの、香澄は自力では立っていることもできず、上がり框《かまち》に座りこんでしまう。

（まさか、二階の部屋までおぶっていかなきゃならないのか？　どんな罰ゲームなんだよ……）

細身の香澄は軽そうだが、それにしたって人ひとりを一階から二階に運ぶのは重労働である。裕作は泣きそうになりながら香澄の前にしゃがみこんだ。いまにも再び寝落ちしてしてしまいそうで、こっくりこっくり船を漕《こ》ぎはじめている。

香澄の履いている白いパンプスを片方ずつ脱がしていくと、ぷんっ、と鼻先で匂いが揺れた。パンプスの中で、足が蒸れていた匂いに違いなかった。香澄の足はナチュラルカラーのストッキングに包まれていた。極薄のナイロンが二重になっている爪先に、男心をくすぐられる。

（かっ、嗅ぎたいっ……香澄さんの足の匂い、思いきり嗅ぎまわしてやりたい……）

衝動がこみあげてきたが、もちろんそんなことはできなかった。たとえ足の匂いを嗅ぐだけとはいえ、泥酔状態の女に対して悪戯をするような卑劣漢にはなりたくなかった。

（とにかく、自分の部屋まで担いでいって寝かせちゃおう……）

気を取り直して立ちあがろうとしたときだった。目の前の光景が劇的に変化した。

香澄が突然、両脚を開いたのだ。彼女が着ているワンピースは膝下くらいの丈なので、いきなりパンティは見えなかった。

かわりに見えたのが、太腿のいちばん太いところを飾っているレースだった。パンティストッキングに、そんな飾りはない。そして飾りの上は、むちむちした白い腿肉が見えている。つまりこれは、セパレートタイプのガーターストッキング……。

（うおおおおおーっ！）

裕作はカッと眼を見開き、胸底で雄叫びをあげた。

ガーターストッキングなんてAV女優やグラビアアイドルが撮影時に着用するものであり、普通の女が普段使いで着けていることなんてあり得ないと思っていたが、ここにいた。人に洗濯を頼む下着は色気のないベージュばかりなのに、勝負下着だけはどこまでも大胆なドエロい女が……。

（すっ、すげっ……すげえよっ……）

裕作はまばたきも呼吸も忘れて、香澄の下半身を凝視した。太腿を飾っている花柄のレースは、キラキラと輝くゴールドベージュで、なんとも生々しい二十六歳の色香を漂わせている。

（こっ、これってまさか、僕をホテルに誘えたときに備えて……少しでもセクシーな姿を見せようとわざわざ……）

そうであるなら、裕作にはジロジロと無遠慮に凝視する権利があるような気がした。こちらには常識があるので、義理の姉のセフレになるわけにはいかなかったが、酔った彼女を自宅まで運んできたのだから、ちょっとくらい下着姿を拝ませてもらってもバチはあたらないだろう。

（もっ、もう少し……もうちょっとだけ、脚をこう……）

裕作は香澄の両膝に手を添え、そうっとひろげていった。ガーターストッキングからはみ出している白い太腿がどんどん露出され、ついには股間にぴっちりと食いこんだパンティが姿を現した。

ごくり、と裕作は生唾を呑みこんだ。ワンピースは白地に深紅の薔薇柄で、パンティは黒地に深紅の薔薇柄――しかも黒い生地がやけに薄くて、いまにも草むらが透けて見えそうだ。

（やっ、やっぱりこの人……）

普段使いの色気のないパンティを洗濯させられている裕作としては、香澄の隠された本性にのけぞらずにはいられなかった。そして、セックスがしたくてしたくてしようがないのに、できない義姉に同情した。

男の性欲過多は迷惑な場合が多いが、女の性欲はその裏側に淋しさを隠している。香澄のように、人も羨む境遇を手にしてなお、人肌を求める気持ちがせつない。義理とはいえ、縁があってきょうだいになった仲なのだから、香澄のわがままを少しは受けとめてやってもいいのではないか……。

いや、そんなものは言い訳がましい後付けの理屈だった。香澄が着けているストッキングがセパレート式とわかった瞬間から、裕作は痛いくらいに勃起していた。生身で見ることなど絶対にないだろうと思われたセクシーランジェリーを見せつけられてしまったのだから、鼻血が出そうなほど興奮しないわけがなかった。

彼女いない歴二十五年の自分に、これから先、ガーターストッキング姿の美女に誘惑される幸運が訪れるとは思えない。これが二度とないチャンスであるなら、逃がしてしまうほうが罪深い気がした。きょうだいとはいえ義理ではあるし、そもそも香澄とは一度体を重ねているのだから……。

もういいよ、もうどうにでもなれ!

——頭に血が昇った裕作が、香澄の股間に食いこんでいる黒いパンティに手を伸ばしていこうとしたときだった。

「ふふっ……」

香澄が眼を開けて微笑《ほほえ》んだ。

「ようやく、その気になってくれたの? うれしいな」

「あっ、いやっ……」

裕作は顔色をなくして手を戻した。しかし、すべては後の祭りだった。これは香澄の仕掛けた罠だったのだ。いくら口説《くど》いても口説き落とせなかった義弟を、セクシーランジェリーでその気にさせる黒い罠……。

「奥手のこどおじを誘惑するのなんて、簡単ね。ちょーっと下着を見せただけで鼻息荒くして、そんなにオチンチン大きくしちゃって」

香澄の右足が股間に伸びてきた。極薄にナイロンに包まれた足の甲で、もっこりとふくらんだ部分をすりすりと撫でられる。

「おおっ……おおおっ……」

裕作は顔を真っ赤にして首に何本も筋を浮かべた。生地の硬いジーンズを穿いていてもはっきりとわかるくらい、股間はふくらんでいた。痛いくらいに勃起して、噴きこぼれた先走り液でブリーフの内側がヌルヌルしているくらいだった。

（おっ、終わったっ……僕はもうおしまいだっ……）

裕作には、これから自分に訪れる哀《かな》しい運命がありありと想像できた。セクシーランジェリーに見とれてしまったからには、もう香澄に対して常識やモラルを説くことはできない。となると、待っているのは性処理係だ。相手が才色兼備の高嶺の花という救いはあるものの、要するにバター犬がわりである。

だがそのとき――。

「あーあ、見ちゃいられないなー」

背後から女の声がしたので、裕作はビクッとした。息をとめて恐るおそる振り返ると、玄関扉が二センチほど開いていて、向こう側に菜未が立っていた。彼女が鍵を開けたなら物音で気づいただろうが、裕作は香澄を支えて玄関に入ってきたので、鍵を閉めていなかったのである。

「わたしもう、十分も前からここにいるんですけど……」

菜未が勝ち誇ったように言い放つ。突然出現した妹にさすがの香澄も驚いた様子で、かろうじて両脚は閉じたものの、金縛りに遭ったように動けない。

玄関の空気は凍りついていた。ゆっくりと扉が開いて、菜未が入ってきた。いつも華やかな装いをしている彼女なのに、珍しく黒いシャツに黒いパンツという地味な格好をしていた。黒いベースボールキャップまで被っている。

「全部見てたからね……」

菜未は眼を据わらせ、口許だけで笑うデビルスマイルを浮かべて、裕作と香澄を交互に見た。

「お義父《とう》さんとお母さんが旅行中だからって、いくらなんでもこれは風紀が乱れすぎじゃないかなあー。どういうことか説明してもらいましょうか？」

裕作も香澄も、言葉を返すことができなかった。返せるわけがない。玄関の外からこっそりすべてを見られていたということは、もはや誤魔化しようもなかった。

4

裕作と香澄はリビングのソファに並んで腰をおろしていた。ふたり揃ってうなだれ、目の前に立っている菜未を正視することができない。

裕作は床に正座して土下座でもしたい気分だった。家の中の風紀を乱したことについて反省しているからではない。そうではなく、菜未は爆弾を抱えている。感情的にならられ、秘密をぶちまけられたりしたら。地獄絵図の様相になりそうだ。

「おねえちゃんさあ……」

菜未は腕組みをして、意地悪な女教師のような態度で訊ねてきた。

「おねえちゃんは、おにいちゃんのこと好きなわけ？」

「なっ、なに言ってるのよ……」

香澄は苦りきった顔でわざとらしく苦笑した。

「さっきはちょっと酔っ払ってただけで、好きとか嫌いとか……だってわたしたち、義理とはいえきょうだいなのよ」

「酔ったふりしておにいちゃんを誘惑していたように、わたしには見えましたけど」

「馬鹿言いなさい。誰が誘惑なんて……」

「ふうん。シラを切ってると、恥をかくことになると思いますけどね……」

菜未は口許だけでニヤニヤ笑いながら続けた。

「実はわたし今日、お昼からおねえちゃんを尾行してたんだから」

「はっ？　尾行？　なに言ってるの……」

香澄は眼を丸くしたが、裕作も仰天していた。つまり、菜未が「全部見てた」と言ったのは、玄関での一部始終だけではないということか……。

「おねえちゃんがアフタヌーンティーなんておかしいと思ったんだもん。そういうチャラチャラしたトレンディスポットみたいの、おねえちゃん大っ嫌いじゃない？　でも、珍しく華やかにめかしこんでるから、本当にスイーツ食べにいくのかと思ったら、新宿で電車をおりたら歌舞伎町の立ち飲み屋に直行……」

香澄はにわかに眼を泳がせ、顔を赤くした。誰がどう見ても、図星を突かれたのはあきらかだった。

「おねえちゃん、おじが行くような立ち飲み屋が大好きだもんね。コスパ最高で酔えるからって……今日だって枝豆食べながらレモンサワーを何杯も飲んで、声をかけてこようとするおじがいるとすごい怖い眼で睨みつけて……真っ昼間からひとり酒を満喫してました。違う？」

香澄はうつむいたまま言葉を返さない。つまり、事実だということだ。

「それで、立っているのもやっとなくらい酔っ払ったら、なにやらＬＩＮＥでやりとりして、ホテルのロビーに移動……現れたのはおにいちゃん。どう考えても、おにいちゃんが用事を済ませるのを待ってたようにしか見えませんでしたけど」

そうだったのか、と裕作は戦慄していた。香澄が自分をロックオンしていることには薄々勘づいていたが、まさか女友達とアフタヌーンティーという話まで真っ赤な嘘だったとは驚きである。

（さすがに女友達にドタキャンされたのは本当だと思ってたけど……）

一方、全身黒ずくめで実の姉を尾行していた菜未にも、ドン引きせずにはいられなかった。そんなやり方で家族の秘密を暴いて、いったいなんの得があるのか？　貴重な休日を探偵ごっこで潰してしまえるほど、頂き女子は暇なのか？

「それでホテルのティールームに着いたら着いたで……あっ、ちなみにわたしもあのホテルでアフタヌーンティーをしてたのよ。近くに住んでいる女友達を急遽呼びだして……切れぎれにだけど会話が聞こえる距離にいたから、おねえちゃんがおにいちゃんに迫りはじめると、恥ずかしくて顔から火が出そうになりました。なんなの？　高級ホテルのティールームで『部屋、とっちゃおうか』って……口説き方までおじみたいで眩暈《めまい》がしたわよ。それをやるなら最初から部屋をとっとかないと。テーブルにバーンとカードキー叩きつけないと。断られたら部屋代が無駄になるなんて腰が引けてるおじが、この世でいちばんモテないんだからね。先に部屋をとっておけば、おにいちゃんだって断れなかったかもしれないじゃない？」

菜未は鬼の首をとった勢いで実の姉をツメているが、ツメられている香澄のほうはかたく握りしめた拳を小刻みに震わせ、いまにも泣きだしてしまいそうだった。才色兼備の香澄は並みの女より何十倍もプライドが高い。そういう女がプライドを挫かれる姿は、見るに忍びない。

裕作はさすがに気の毒になり、

「もういいじゃないか……」

卑屈な上眼遣いを菜未に向けた。

「家庭内の風紀を乱したのは悪かったけど、そんなに責めなくたって……人は誰だって、出来心でオイタしちゃうことがあるじゃないか……」

香澄をかばいつつも、さりげなく、香澄の下着をのぞいてしまった自分のこともフォローしていた。と同時に、菜未に対しても、自分だって似たようなものではないかと暗に伝えようとする。ジャグジーカラオケで自分がなにをしたのか、思いだしたらいいではないかと……。

だが、菜未が言葉を返してくるより先に、香澄が口を開いた。

「……なにが悪いっていうのよ？」

地の底から響いてくるような低い顔で言い、勝ち誇った顔で立っている妹を睨みつけた。

「たしかにわたしは、裕作くんを誘惑しようとしました。結婚するにはまだちょっと早いし、でも独り身も淋しいから、安心安全な彼にセフレになってもらいたいって頼んだのは事実です。裕作くんだって恋愛の場数を踏んでないみたいだから、ウィン・ウィンの関係になれると思ってね……それのどこが悪いのかしら？」

「開き直ったわね……」

菜未の眼光が鋭くなった。

「悪いに決まってるでしょうが。曲がりなりにも弟になった人をセフレにしようとするなんて、キモすぎてゲロ吐きそうなんですけど……ねえ？」

菜未の眼が一瞬こちらを向き、裕作は震えあがった。同意を求めているというより、余計なことを言うなと釘を刺されたに違いなかったからだ。

香澄が果敢に反論する。

「きょうだいって言ったって、血も繋がってなければ、子供のころから一緒だったわけでもない裕作くんを、弟だなんて思えない」

「すごい屁理屈」

「わたしはね、あなたみたいなヤリマンと違って、誰でもいいから股開いたりできないの！　ヤリマンはいいわよね。貞操観念の欠片《かけら》もないから、ＳＮＳですぐ男をつかまえることができて」

「なんですって！　わたしヤリマンじゃないですけど。コミュ力が高いだけで、ちゃんと相手は選んでるし。おねえちゃんこそ、盛りのついたメス猫じゃない？」

「はあ？　わけのわからない誹謗中傷は許さないわよ」

「ちょっと待ってて！」

菜未は脱兎の勢いで二階に駆けあがっていくと、茶色い箱を持って戻ってきた。ベルギー王室御用達として知られる高級お菓子メーカーの箱だったが、中に入っていたのは色とりどりのラブグッズ——ローターやヴァイブなどの、卑猥な大人のオモチャだった。

「ちょっ……まっ……そんなものどこからっ……」

香澄は激しくうろたえはじめ、唇をぶるぶると震わせている。

「おねえちゃんのクローゼットに隠してありました。一流企業のキャリアウーマンになっても、習性って変わらないものなのねえ。おねえちゃんて昔から、大事な宝物はお菓子の箱に入れてしまっておくんだもんね」

「人のクローゼットを勝手に漁って……許さないわよ！」

「まあ、勝手に漁ったのは謝りますよ。でも、こんないやらしいもの使って毎晩毎晩、自分で自分を慰めているんだから、盛りのついたメス猫呼ばわりされてもしようがないと思いますけど」

「あっ、あんたって女はっ……あんたって女はっ……」

青ざめた顔で歯噛みしている香澄に、菜未はさらにたたみかける。

「わたしこの家に引っ越してきてから、ずーっと迷惑だったんだから。おねえちゃん、ベッドをわたしの部屋のほうの壁に寄せてるでしょ？　おにいちゃんの部屋のほうじゃなくて。だから、オナニーしている気配が筒抜けなの。ローターやヴァイブの振動音から、ハアハア昂《たか》ぶる呼吸音、それにイクときの甲高い声まで……」

「やっ、やめようっ！　もうここまでにしようっ！」

裕作はたまらず立ちあがり、菜未の前に立ちふさがった。

「いろいろあっても、僕たちはきょうだいじゃないか。血が繋がってなくても、子供のころから一緒にいなくても、これから先はきょうだいとして生きていくわけなのに……まずいだろ、そんなふうに手加減なしに相手を傷つけるのは……」

「傷つけられたのはこっちでしょ！」

菜未が挑むように睨みつけてくる。

「わたし、実の姉にヤリマン呼ばわりされたんですけど。こんな屈辱、生まれて初めて……ねえ、おにいちゃん、生まれて初めてなの！」

菜未が怒り狂っているのは、ヤリマン呼ばわりされたことだけが原因ではないと裕作は思った。彼女はもともと姉に対して深いコンプレックスを抱いている。分不相応なほど装いに金をかけ、頂き女子などをやっているのも、きっとそのせいなのだ。

「ねえ、おねえちゃん……」

菜未は裕作の体をどけると、香澄が座っているソファの隣にラブグッズの入っている箱を置いた。

「そんなにエッチなことがしたいなら、いまここでやって見せてよ。わたしとおにちゃんで見守っててあげるから」

リビングの空気が凍りつき、

「……あっ、あなたっ……いったいなにを言いだすの？」

香澄が声を上ずらせる。

「家庭内の風紀を乱したペナルティでしょ。できないっていうなら、わたしの見たこと知ってること、ママに全部言う。もちろん、お義父さんにもね……」

菜未はラスボスに引導を渡す美少女戦士のように言い放つと、黒いベースボールキャップを脱いで栗色の長い髪を颯爽とかきあげた。

（おっ、鬼だっ……鬼がいるっ……）

裕作は心の底から震えあがっていた。菜未のガンヅメには迫力があった。積年の恨みをここで晴らしてやるといわんばかりに、暗い情熱を煮えたぎらせてた。

彼女の姉に対するコンプレックスは、裕作が考えているより、はるかに根深いものなのかもしれない。

菜末も可愛いし、メイクやファッションセンスにイマドキ感があるものの、香澄と並ぶとスターと新人アイドルくらいの格の差を感じる。子供のころから見目麗しく才に長けている姉と比較され、ずっとつらい思いをしてきたのかもしれない。

そして香澄には、傷ついていじけている妹を思いやる心の広さが、残念ながらなさそうだった。

5

「もう勘弁してくれ、この通りだっ！」

裕作は叫ぶように言うと、菜末の足元に土下座した。彼女の気持ちもわからないではなかったが、ものには限度がある。これ以上、姉妹喧嘩が泥沼化し、その原因を父や義母の知ることになったら、将来に途轍《とてつ》もない遺恨を残すことになるだろう。

「菜末ちゃんがこらえてくれるなら、僕はキミのしもべになってもいい。なんでも言うことをきく奴隷にでもパシリにでもなるから、この話はもう封印しよう。な？　こらえてくれよ、頼むから……」

「へええ……」

菜未はしらけきった眼つきで裕作を見下ろしてきた。

「おにいちゃん、土下座までしておねえちゃんをかばうんだ？　おねえちゃんを助けるためなら、奴隷にでもパシリにでもなるんだ？　要するに、おにいちゃんはおねえちゃんの味方なのね？」

「いやいや、そういうことじゃなくて……」

「おにいちゃんがおねえちゃんのことかばって、わたしひとりが悪者みたいになっちゃうと、ますます頭にきちゃうんですけど。悪いのはわたしじゃないのに」

「いやいやいや、だからさあ……」

裕作が泣きそうな顔で菜未を見上げると、

「もういいわよ、裕作くん」

香澄が憮然とした顔ですっくとソファから立ちあがった。

「この子は昔からそうなの。つまらないことでしつこくからんできて、わたしに恥をかかせようとするの。そうでしょう？」

「ええ、そうですとも」

菜未は挑発するようにヘラヘラと笑った。

「おねえちゃんが『わたしって美人でお利口』って澄ました顔してるのを見ると、虫酸が走るんだもの。『妹は馬鹿なくせに生意気で、みなさんにご迷惑おかけしてますけど、わたしに免じて許してね』って感じだったもんね、昔から」

「昔のことなんてどうだっていいのよ」

香澄は眉間に皺を寄せて菜未の前に進んだ。

「そんなにわたしに恥をかかせたいなら、かかせればいい。そのかわり、あなたも約束は守りなさいよ。ママやお義父さんには、絶対になにも言わないで」

「いいですよ」

菜未はどこまでもふてぶてしくうなずいた。

「おねえちゃんがいまここでオナニーするなら、全部忘れてあげる。もちろん、本気のオナニーよ。イクまでだからね」

「くっ……」

香澄は悔しげに顔をそむけた。唇を噛みしめて必死に屈辱に耐えているが、体中がわなわなと震えているのを隠しきれない。

「ほら、おにいちゃん！　いつまでも土下座してるつもり？　こっち来て！」

菜未に腕を取られ、裕作は立ちあがらされた。リビングにはソファと食卓があり、食卓の椅子を二脚ソファの前に持ってきて、菜未と並んで腰をおろす。

（かっ、香澄さんっ……）

裕作は胸が痛くてしかたがなかった。香澄は掛け値なしの高嶺の花であり、子供のころから蝶よ花よの扱いを受けてきたことは想像に難くない。そんな彼女が、人前で自慰を強制される屈辱はいかばかりか、想像するだけで心が凍てつく。しかも目の前には、姉の醜態をこきおろす気満々な妹がいるのだ。

「さあさあ、おねえちゃん。早く脱いで」

囃《はや》したてるように菜未が言うと、

「はっ？　なんで脱がなきゃいけないのよ」

香澄がキッと睨みつけた。

「わたしいつも……するときに服なんて脱がないし……」

「そんなことはどうだっていいのよ。いまはギャラリーがいるんだから、ストリッパーみたいにマッパになってオナニーしなきゃダメでしょうが」

「そっ、そこまで約束した覚えは……」

「じゃあ、わたしもママとお義父さんにはなにも言わないけど、ＬＩＮＥで伝えるのはいいのね？　メールで真実を告発するのはＯＫなのね？」

「あっ、あんたって子は本当に……ああ言えばこう言う……」

香澄の清楚な美貌はきつく歪んでいくばかりだ。

裕作の心境は複雑だった。たしかに菜未はへらず口だが、かといってワンピースの裾に手を突っこんでオナニーするのでは、ペナルティにならないだろう。それでは恥をかくことにはならないからだ。ここは菜未に分があるようで、それは香澄にもわかっているようだった。

「ぬっ、脱げばいいのね、脱げばっ……」

両手を後ろにまわし、ワンピースのホックをはずす。彼女は今日、白地に深紅の薔薇柄のワンピース姿だった。いつもよりフェミニンな装いが、皮肉にも脱衣シーンに色香をつけ加えてしまう。

「うっく……」

悔しげに顔をそむけながら、ワンピースを床に落とした。ブラジャーとパンティは黒地に深紅の薔薇柄が入ったものだった。それだけでも彼女にしては珍しいのだが、香澄は今日、それ以上の勝負下着を服の下に仕込んでいる。裕作も度肝を抜かれ、我を忘れてむさぼり眺めてしまった……。

「嘘でしょっ！　やだもうっ！」

菜未が酸っぱい顔になる。

「なんなのその下着？　娼婦みたいなんですけど」

黒地に薔薇柄のランジェリーは、ブラジャーとパンティとガーターベルトの三点セットだった。もちろん、ガーターベルトが吊っているのは、セパレート式のストッキングである。太腿を飾るゴールドベージュのレースがキラキラして、女体に得も言われぬ妖艶《ようえん》さを与えている。

「びっくりしたなあ、もう。おねえちゃんって下着に贅沢するようなタイプじゃないと思ってたのに、男を誘うときはそんなの着けるんだ。淫らな娼婦みたいな格好して、男を誘惑するのが好きなんだ」

菜末の挑発的な言葉を、香澄はきっぱりと無視した。賢明な判断だった。いちいち反応していると、いつまで経っても終わらないと悟ったらしい。

とはいえ、さっさと次の段階に進むことができないのがつらいところだった。ワンピースを脱いでしまったあとは、下着を取って恥部をさらすしかない。いよいよ本格的にストリップが始まるのだ。

「ううう っ……」

先ほどまで青ざめていた清楚な美貌を紅潮させて、香澄は唇を嚙みしめている。普通に考えれば、次に脱ぐのはブラジャーだ。そうなると当然、ふたつの胸のふくらみが露わになる。

裕作はハッとした。生来の美貌や頭のよさでは妹の上を行く姉も、妹にははっきり負けているところがひとつだけある。他にもあるかもしれないが、容姿において誰の眼にもあきらかなところが……。

乳房のサイズである。

香澄は決して、貧乳というわけではない。伸びやかなスレンダースタイルにマッチした女らしい美乳の持ち主なのだが、菜未は推定Hカップの巨乳なのである。裸になればちょっと動いただけでタプタプ揺れるし、ブラのカップはヘルメット並み。乳房の豊満さだけは、逆立ちしても妹に敵《かな》わない。

（こっ、これはきついっ……きついぞっ……）

裕作は背中に悪寒《おかん》が這いあがっていくのをどうすることもできなかった。我が身に照らし合わせて考えればよくわかる。どんなセックス指南書にだって、女はペニスのサイズにそれほどこだわっていないと書いてある。実際そうなのかもしれないが、自分の倍以上あるビッグサイズのペニスの男と、裸で並ぶ根性はない。女の乳房だって大きければいいというわけではないだろうが、そんな正論がなんの慰めにもならないところで人間というのは生きているのだ。

（なっ、泣くんじゃないか……香澄さん、泣いちゃうんじゃないか……）

香澄の眼が涙に潤んできたので、裕作までもらい泣きしてしまいそうになった。いっそのこと自分がかわりにオナニーをしようかとさえ思ったが、思わぬところから助け船が出た。

「ねえねえ、おねえちゃん……」

菜未が意地悪そうな笑みを浮かべて言った。

「その下着が見たこともないくらいエッチなことに免じて、それ以上脱がなくてもいいことにしてあげましょうか？」

椅子から立ちあがり、ソファに置いてあった箱からローターとヴァイブを取りだして香澄に差しだした。

「そのかわり、ちゃんとこれ使ってやって。わたしラブグッズって使ったことがないから、使ってるとこ見てみたい」

「……いいけどね」

香澄は無表情で素っ気なく答えたが、内心で安堵しているのはあきらかだった。そうでなければ、菜未からローターとヴァイブを受けとるわけがない。下着を着けたままなら、誰がどう見ても妹より小さい乳房を露出しなくてすむ。

「はいはい、それじゃあどうぞ、横になってソロ活動に励んでください」

菜未にうながされ、香澄はソファにあお向けになった。大人が三人、ゆうに座れるソファなので、ベッドがわりにすることができる。父が再婚するまでは、裕作もよく昼寝をしていた。まさかこのソファで美女がオナニーするところを目撃する未来があろうとは、夢にも思わなかった。

（やっ、やるのか？　香澄さん、本当に……）

鼓動を乱し、呼吸さえ荒くなりはじめた裕作をよそに、香澄はローターのスイッチを入れた。

ＡＶでよく見かける、ピンク色のやつだった。うずらの卵くらいのサイズだが、ジジィー、ジジィー、という振動音が思ったより大きかった。ラブグッズなんて使ったことがない裕作でも、三秒でいやらしい気持ちにさせられる音である。

「くうっ……」

香澄は紅潮した顔を歪めに歪めて、右手につかんだローターを下半身に近づけていった。両脚はまっすぐ伸ばしたままだった。股間にぴっちりと食いこんだ黒地に薔薇柄のパンティが、いやらしいくらい盛りあがった恥丘の形状を露わにしていた。

（こっ、こんもりしてる！　こんもりしてるぞ……）

こうして見ると、香澄の恥丘はやけに小高かった。土手高の女は名器が多いという俗説を聞いたことがあるけれど、いまはそんなことはどうだっていい。

「んんんっ！」

振動するピンクの球体が恥丘に触れると、香澄はぎゅっと眼をつぶった。こんもりと盛りあがった恥丘をローターでなぞるほどに、きりきりと眉根を寄せていき、清楚な美貌が匂いたつような色香を振りまきだす。

（オッ、オナニーしてる！　あのツンツンした大人の女が、ローターを使って自分で自分を慰めている！）

衝撃的な光景に、裕作は鼻血が出そうだった。もちろん、盛大に勃起していた。裕作は椅子に座り、菜未は姉のすぐ側に立っている。こちらに背中を向けているので助かった。菜未に見つかったら、ねちねちと嫌味を言われてとばっちりを受けるに決まっている。

第五章　快感爆《は》ぜるわが家

1

ジジィー、ジジィー、という卑猥な振動音が、静まり返ったリビングに響いている。ソファにあお向けになっている香澄は、まっすぐに伸ばした両脚をセパレート式のストッキングで飾っているが、その両脚が小刻みに震えだしているのがわかる。

(きっ、気持ちいいのかな?)

裕作は固唾《かたず》を呑んで香澄の様子をうかがっていた。

右手の人差し指と中指でつまむように持たれたローターは、こんもりと盛りあがった恥丘をなぞるように動かされているけれど、両脚を閉じているから肝心な部分には接触していない。肝心な部分はもうちょっと下だ。クリトリスや割れ目を直接刺激しなくても気持ちがいいものなのかどうか、女でもなければ、ラブグッズの使用経験もない裕作にはわからない。

（でも、これはさすがに手抜きじゃないか？　やってるふりというか……）

内心で何度も首をかしげたが、しばらくすると香澄の呼吸はハアハアとはずみだし、せつなげに眉根を寄せている顔は生々しいピンク色に染まってきた。黒地に薔薇柄のセクシーランジェリーと相俟《あいま》って、見ている裕作の鼻息も荒くなってくる。牛歩のごときゆっくりさだが、香澄は確実に興奮してきている。

（まっ、まずいぞっ……僕があんまり興奮するわけには……）

こみあげてくるむらむらを、唇を噛みしめて我慢した。勃起してしまったのはしかたがないとしても、できるだけ冷静にこの状況をやりすごしたかった。興奮状態に陥って自分で自分を制御できなくなることが、いまはいちばん恐ろしい。

「ねえねえ……」

菜未がクスクス笑いながら手招きしてきた。彼女は香澄のすぐ側に立っていて、裕作はその後ろにいた。裕作が椅子から立ちあがって菜未と肩を並べると、

「どう思う？」

菜未は姉を指差して言った。香澄は眼をつぶってローターで恥丘をなぞっている。眉根を寄せて紅潮している美貌はいやらしかったが、本気でやっているのかどうかは判断が難しいところだった。遠慮がちというかなんというか、まっすぐに伸ばした両

脚だけにやたらと力が入っている。

「おねえちゃんて、オナニーするときまでこんなに澄ました感じなのかしら？」

そんなわけないわよね、とばかりに菜未は意地悪げに唇を歪めると、

「ねえねえ、おねえちゃん……」

香澄の手を取って上体を起こし、ソファの隣に腰をおろした。

「いつもそんな感じでオナニーしてるの？」

「……そっ、そうよ」

「絶対、嘘。そんなおとなしい感じだったら、壁越しにわたしの部屋まで気配が伝わってくるはずないもん」

「いっ、いやあああーっ！」

香澄が悲鳴をあげたのは、菜未がブラジャーをめくったからだ。背中のホックをはずさないまま、強引にカップをずりさげて左右の乳首を露出した。息を呑むほど美しい形をした乳房が、無残なほどいびつな形になってしまっている。

「ローターを下にあてるだけじゃなくて、あいてる手で乳首もいじりなさいよ」

「いやよ！」

「いつもはしてるんでしょ？」

「してない！　してないから！」

「ねえ、おねえちゃん。そういう態度だと、いつまで経っても終わらないわよ……ちょっと、おにいちゃん！」

菜未が突然こちらを見たので、裕作はビクッとした。

「おにいちゃんも手伝って。おねえちゃんのこと押さえてて」

「えっ？　ええっ？」

裕作は戸惑いつつも、菜未の命令に逆らえなかった。三人の中でいちばん年下にもかかわらず、菜未はすっかりこの場を支配していた。裕作と香澄は家庭内の風紀を乱した罪人であり、菜未が断罪する側だからだろう。

「ああっ、やめてっ！　やめてよ、裕作くんっ！」

いまにも泣きだしそうな顔でいやいやと首を振る香澄を、裕作は後ろから抱えこみ、両脚をM字に割りひろげていった。もちろん、菜未がそうするように指示してきたからだが……。

（いいのかよ？　こんなことして……）

バックハグの体勢で両脚をひろげているということは、セパレート式のストッキングに飾られた太腿の裏側を持っているということである。極薄のナイロンやレースのざらつきを手のひらに感じて興奮すると同時に、罪悪感が胸を揺さぶる。

「いい格好よ、おねえちゃん……」

菜未は艶めいたデビルスマイルを浮かべつつ、香澄の右手首をつかんだ。振動しているローターが持たれている右手である。

「あううううーっ！」

香澄が甲高い声をあげてのけぞった。菜未に手首を押さえられた香澄の右手が、股間に押しつけられたからだった。先ほどまでとは、声の高さも表情の切迫ぶりもまるで違った。Ｍ字開脚の体勢に押さえこまれているから、ローターは必然的に、恥丘だけではなく、もっと感じる部分にもあたる。

「ここでしょ、おねえちゃん？　ここが気持ちいいんでしょ？」

菜未は勝ち誇った顔で言い、ローターを持っている香澄の右手を彼女の股間にぐいぐいと押しつけていった。菜未の狙いはクリトリスだ。香澄の美貌はみるみる真っ赤に染まっていき、呼吸もハアハアと昂ぶっていくばかりだ。

「ちょっと、おにいちゃん！」

菜未がこちらを見た。

「おねえちゃんのあいてる手、胸にもっていって。乳首をいじらせて。おねえちゃんむっつりスケベだから、手伝ってあげないとダメみたい」

「あっ、ああ……」

裕作はこわばりきった顔でうなずいた。ふたりがかりで香澄をいじめるのは心苦しかったが、やはり菜未には逆らえない。そもそも、手抜きオナニーでお茶を濁そうとしたのは香澄のほうなので、彼女に落ち度がないわけでもない。

だがしかし、裕作が左手首を取って乳首に近づけようとしても、

「いやっ！　いやよっ！」

香澄は必死の抵抗を見せ、意地でも乳首を触ろうとしない。

(なんだよ、ちくしょう。やるって言ったんだから、ちゃんとやってくれよ……)

いっそのこと自分の手指で乳首を愛撫してしまおうかと、裕作は思った。しかし、それではオナニーにならない。なにかいい方法は……。

そのとき、鼻先で甘い匂いが揺れた。裕作は香澄を後ろから抱えているから、顔のすぐ近くに香澄の後頭部がある。甘い匂いの正体は、髪のようだった。艶々と輝いているストレートロングの黒髪は、たまらなく女らしくて、香澄の清楚さを際立てているチャームポイントのひとつでもある。

(これを使ってみたらどうだろう？)

オナニーさせるのとはちょっと違う気がしたが、裕作は黒髪の先端を束ねて筆先のようにし、それで乳首をくすぐりはじめた。

「はっ、はぁうううう－っ！」

香澄がのけぞって悲鳴をあげる。そのいやらしすぎる反応に裕作の男心は揺さぶら

れた。黒髪による筆先もどきをもうひとつつくり、左右の乳首をコチョコチョ、コチョコチョとくすぐりまわしていく。

「ああぁっ、いやよっ！　やめてっ、裕作くんっ！　許してええーっ！」

香澄は涙声で哀願してきたが、裕作はやめる気にはなれなかった。どう見ても、香澄が感じているようだったからだ。自慢の黒髪を愛撫の小道具に使われるのは屈辱かもしれないが、「いやよ」「やめて」と言ってるわりには、身をよじって喜悦を噛みしめている。裕作はもう両脚を押さえていないのに、みずからM字に割りひろげ、ローターの刺激をむさぼっている。

「やるじゃない、おにいちゃん」

菜未は妖しく眼を輝かせると、ソファに投げだされていたヴァイブを拾いあげた。昨今のラブグッズは洗練されたデザインのものが多いようだが、香澄所有のそれはペニスをかたどったグロテスクな姿をしていた。表面がイボイボしているし、紫色に金のラメというカラーもどぎつく、ラブグッズというより昔ながらの責め具のようだ。

「ちょっ……まっ……」

香澄の顔が凍りついた。菜未が彼女のパンティを片側に寄せ、黒い草むらと女の割れ目を露わにしたからだった。

「いやーんっ、可愛いオマンコ！　でも濡れてる……おねえちゃん、割れ目がすっごいピカピカしてるよ」

妹による姉への狼藉──それだけでも衝撃的だったが、菜未は紫ヴァイブの先端を割れ目にずぶっと沈めこんだ。

「はっ、はぁおおおおおおーっ！」

香澄が獣じみた悲鳴をあげる。

「やっ、やめなさいっ、菜未っ！　そこまですることないでしょっ！　いっ、入れないでっ！　お願いだから入れないでえええーっ！」

「よく言うわよ」

菜未は冷ややかにせせら笑った。

「自分じゃいつも入れてるんでしょ？　だから大事にしまっているんでしょ？　なにをそんなに怯えてるの？　これを入れられちゃうと、我を忘れるくらい乱れちゃうわけ？」

言いながら、菜未は紫ヴァイブを小刻みに出し入れしていた。一気に貫くことなく、先端だけでねちっこく浅瀬を穿《うが》っては、少しずつ奥に侵入していく。そのやり方は、どうやら蜜の分泌をうながすためのようだった。ヴァイブのすべりをよくするためである。

「あああっ……あああああっ……」

じわじわと割れ目の奥に埋めこまれていく紫ヴァイブを見て、香澄は絶望色の声音でうめいている。だが、小刻みに出し入れされている紫ヴァイブは、蜜をまとって次第にテラテラと輝きはじめ、女体の発情を隠しきれない。

（エッ、エロいだろっ……エロすぎるだろっ……）

裕作は脳味噌が沸騰しそうなほど興奮していた。姉の肉穴を大人のオモチャで穿っている妹もいやらしいが、妹のヴァイブ責めを受けて濡らしている姉はそれ以上かもしれない。菜未も女だから、女が感じるポイントをよくわかっているのか？　いくら仲が悪くても、姉妹ともなれば性感帯も似ているのか？

いずれにしろ、紫ヴァイブが淫らな光沢をまとっていくほど、香澄の絶望色の声音は、淫ら色に変わっていった。抵抗や嫌悪を示すために身をよじっていたはずの体の動きも、いつの間にか快楽に躍動しているかのようになっていく。

（たっ、たまらんっ……たまらないよっ……）

いまのこの状況は、香澄が恥ずかしい自慰を披露するという方向からは大きくはずれてきているが、そんなことはどうだってよくなってきた。裕作は興奮のあまり、まともな思考ができなくなりつつあった。

そうなれば自然と、香澄を感じさせることに加担したくなってくる。黒髪を束ねた筆先もどきを使い、左右の乳首を熱烈にくすぐりまわしてしまう。くすみピンクのふたつの突起はすでにピンピンに尖りきり、くすぐればくすぐるほど内側から爆《は》ぜそうなほど膨張していった。見るからに感度もあがっていくようで、香澄の胸元にじっとりと汗が浮かんでくる。

「どう？　おねえちゃん。ここがいいんでしょ？　それともこっち？」

菜未は紫ヴァイブを器用に操《あやつ》り、香澄のことを追いこんでいった。香澄は言葉を返さないが、そのかわりヴァイブが動けば、ぬちゃっ、くちゃっ、と卑猥な肉ずれ音がたつ。感じていることが隠しきれないどころか丸わかりで、彼女の股間からは発情したメスの匂いまでむんむんと立ちこめはじめている。

「あああっ、いやあああっ……いやああああああああーっ！」

リビング中に響いた香澄の悲鳴は、彼女が我を失った合図のようだった。それまで菜未に手首を押さえられ、遠慮がちに股間にあてていたローターを、本気で使いはじめた。クリトリスに狙いを定めたことが、バックハグをしている裕作にもはっきりと見てとれた。

肉穴にヴァイブ、左右の乳首には筆先もどきのくすぐり、さらにクリトリスにローターの振動を送りこめば、どんな女だって正気を失うだろう。香澄も例外ではなかった。ヴァイブを操っているのが妹で、乳首をくすぐっているのは義弟というアブノーマルな状況にもかかわらず、ひいひいと喉を絞ってよがり泣いた。みずから腰を浮かせると、いやらしくくねらせたりガクガクさせたりしながら、快楽の頂に向かってボルテージを上げていく。

「イッ、イクッ！　もうイッちゃうっ……」

香澄が首をひねって、すがるように裕作を見た。

「イッ、イッちゃうからっ！　イッちゃうからああああーっ！」

どう考えても、彼女が絶頂に達するための引き金に指をかけているのは、菜未だった。血を分けた実の妹に、恥ずかしいイキ顔を見られたくなかったのかもしれない。喜悦の涙で潤んだ眼をぎりぎりまで細めて、裕作を見つめつづける。

「イッ、イクッ！　イクイクイクイクッ！　はっ、はぁあああああーっ！」

ビクンッ、ビクンッ、と腰を跳ねあげて、香澄はオルガスムスに達した。その直前、ぎゅっと眼をつぶり、振り返っていられなくなった。

「あぁあああーっ！　はぁあああああーっ！」

細身のボディを軋《きし》みそうなほどよじらせて、香澄は歓喜の悲鳴をあげつづけた。菜未がヴァイブを動かすのをやめなかったからだ。いや、香澄がイッた瞬間、ひときわ激しく動かしはじめた。表面がイボイボしている紫ヴァイブで、リズムに乗ったピストン運動を送りこんでいく。

「はっ、はぁおおおおおおーっ！」

香澄は喉を突きだしてのけぞった。

「やっ、やめてっ！　もうイッてるからっ！　イッてるから刺激しないでっ！　はぁおおおおーっ！　はぁおおおおーっ！」

性の悦《よろこ》びを知った大人の女なら、男が射精に達するまでに複数回イクことも珍しくない。香澄も裕作を押し倒してきたとき、つごう五回は絶頂に達していた。しかし、イッた直後というのは性感帯が敏感すぎるほど敏感になってしまうので、小休止が必要になる。そんなことは、経験に乏しい裕作だって知っている。

菜未だって知らないわけはないのに、泣き叫ぶ姉の股間を紫ヴァイブで突きつづけた。絶対にわざとだった。香澄は大粒の涙を流し、ちぎれんばかりに首を振って、手足をジタバタさせている。

あまりに暴れるので、裕作は香澄の体を押さえた——つもりだったが、両手は自然とふたつの胸のふくらみを裾野からすくあげていた。ブラジャーはしたままだったが、カップがずりさげられて乳首は露出している。両手でふくらみをすくった瞬間、親指と人差し指がくすんだピンクの突起をつまんでしまった。

(なっ、なにをやってるんだ、僕は……)

自分でも意味のわからない行動だったが、「もうイッてる」と叫びながらジタバタしている香澄の姿はいやらしすぎた。たしかに、くすぐったかったりするのかもしれないが、二十六歳のしなやかな体は連続絶頂を求めているようにも見えた。実際、紫ヴァイブでピストン運動を送りこまれる音は汁気を増していくばかりだし、発情の匂いも濃厚になっていく一方だった。

「ああっ、ダメッ！　ダメなのにっ……ダメなのにイッちゃうっ……またイクッ！　イクイクイクイクーッ！　はぁあああああーっ！」

ビクンッ、ビクンッ、と跳ねあがる香澄の腰の動きは、最初のときより激しかった。AV女優でもここまで激しくイクのは見たことがなかったし、香澄のような清楚な美人がAV女優にいるはずがない。

(すげえっ……すげえっ……)

裕作はあんぐりと口を開いて、香澄の顔をのぞきこんだ。真っ赤に染まった美貌がくしゃくしゃに歪んで、汗で濡れ光っていた。普段は色気がないのが玉に瑕《きず》な彼女も、いまばかりは見ているだけで口の中に生唾があふれてくるほどエロかった。

しかし……。

香澄の破廉恥な艶姿《あですがた》に見とれていることができたのも束の間、裕作はすぐに戦慄を覚えることとなる。

「気持ちよさそうね、おねえちゃん。まだイケるでしょ？　もう二、三回は余裕でイッちゃえるでしょ？」

香澄が二度目の絶頂に達しても、菜未はヴァイブを動かすのをやめなかった。右手につかんだヴァイブで肉穴をずぼずぼと穿ちながら、左手では香澄が落としたローターを拾ってクリトリスにあてがっていく。

「ひぃいいっ！　ひぃいいいいいいいーっ！」

香澄の悲鳴はもはや、あえいでいるとかよがっているとかのニュアンスではなく、阿鼻叫喚《あびきょうかん》を彷彿とさせた。

2

リビングは静寂に包まれていた。

つい先ほどまで聞こえていた香澄の荒々しい呼吸音も、いつの間にか聞こえなくなった。ソファに横たわっている彼女は、眠りに落ちたようだった。菜未の執拗なヴァイブピストンによって三回連続絶頂に導かれたあとだから、失神したとか気絶したと言ったほうが正確かもしれない。

その様子はまさに荒淫の終着点――ブラジャーはカップをずりさげられた状態で左右の乳首を露出しているし、黒地に深紅の薔薇柄パンティは片側に寄せられ、しかも脚を閉じていなかったから、蜜でぐっしょりの草むらや、めくれあがったアーモンドピンクの花びらが剝きだしだった。恥部を隠す気力もないまま、香澄は意識を失ったのである。

菜未の責めは鬼のようだった。才色兼備な姉に対してコンプレックスを溜めこんだゆえの大暴走だったのだろうが、いまはそんなことはどうでもよかった。

（どうするんだ、これから……）

裕作は落ち着かない気分で眼を泳がせた。香澄はしばらく眼を覚ましそうにない。風紀を乱した罰ゲームは、もうこれで終了だろう。となると……。

おかしな空気の中、菜未と視線が合った。すぐに眼をそむけられた。裕作も同じことをした。ごくり、とお互いに生唾を呑みこんだのがわかった。

「暑くない？」

菜未が自分の顔を手で扇ぎながら言った。可愛い顔は生々しいピンク色に染まり、首筋に汗が光っていた。リビングは海底のように静まり返っていたが、空気は澱んでいた。香澄が振りまいた獣のメスのフェロモンが部屋中に充満していたし、しつこいまでにヴァイブを抜き差ししていた菜未も、ジタバタ暴れる香澄を押さえていた裕作も、汗をかいていた。季節はそろそろ初秋、窓を開ければ乾いた夜風が吹きこんでくるだろうが、室内の空気はまるで梅雨時のように湿っぽい。

「暑い、暑い、暑い……」

菜未はひとり言のように、あるいは言い訳するように口走りながら、黒いシャツのボタンをはずしはじめた。いつも華やかな装いの彼女なのに、今日は姉を尾行するために目立たない格好をする必要があったのだろう、珍しく全身黒ずくめだった。

とはいえ、黒いシャツを脱ぐと、シルクの光沢も妖しい紫色のキャミソールが姿を現した。インナーだろう。その下に着けているピンクのブラジャーのストラップが、華奢な肩を飾っている。

「暑い、暑い、暑い、暑い……」

菜未は呪文のように唱えながら、ぴったりとした黒いアンクルパンツも脱いでしまう。裸になったほうがむちむちして見える白い太腿と、股間にぴっちりと食いこんだピンクのパンティが見えた。彼女はストッキングを着けることなく、黒い靴下を履いていた。それも乱暴に脱ぎ捨ててしまう。

「おにいちゃんも脱ぎなよ、暑いでしょ。汗びっしょりだよ、顔……」

「あっ、ああ……」

うなずいた裕作の心臓は、ドクンッ、ドクンッ、と早鐘を打ちはじめた。「おにいちゃんも脱ぎなよ」と言ったときの菜未の表情が、ひどく恥ずかしそうだったからだ。実の姉のことをしつこいまでにイカせまくった小悪魔のくせに、長い睫毛を伏せて、眼の下をねっとりと紅潮させている。

おかしな空気を感じながら、裕作は服を脱いでブリーフ一枚になった。いくら暑くても、家族の前でブリーフ一枚になる男はいないだろう。にもかかわらず、キャミ一枚になった菜未の前ではそうなることが自然のことのように思われた。しかもブリーフの前は、思いきり男のテントを張っている。痛いくらいに勃起しているのは、もちろん香澄のイキッぷりがすさまじかったせいだが……。

（なっ、菜未ちゃんも欲情しているんだろうな……）

言葉を交わさなくても、ひしひしと伝わってきた。菜未はセックスをしたがっていた。それを自分に対する好意と勘違いするほど、裕作は図々しくなかった。

大人のオモチャを使い、ふたりがかりで姉をイカせるというアブノーマルな状況に、菜未は興奮してしまったのだ。自分で自分を抑えきれないくらい、欲情してしまっているのだ。

その気持ちはよくわかった。なぜならば、裕作もまた同様だったからである。菜未とセックスすることは二度とないだろうし、あってはならないと思っていたが、状況がこうなってしまった以上、禁を破ることになりそうだった。

「ねえ……」

菜未がこちらを見た。その眼つきは、姉をとことん追いこんでいたときとはまるで違って、媚びが含まれていた。いつものように小悪魔チックでもなく、どこか甘えているようにも見える。

「上に行かない？」

天井を指差した。香澄が寝ているこのリビングですることはないだろう、と言いたいようだった。もっともな意見だった。裕作が黙ってうなずくと、ふたりでそそくさと二階への階段をのぼっていった。菜未が自分の部屋に入っていったので、裕作も続いた。彼女の部屋に入ったのは初めてだったが、ピンクの絨毯《じゅうたん》にピンクのカーテンのラブリーな雰囲気で、なによりいい匂いがした。香水なのか、香水と女のフェロモンが混じりあった匂いなのか、むせかえりそうなほど甘ったるい。

「おにいちゃん！」

菜未が胸に飛びこんできた。やけに切迫した表情をしていたので、裕作は両手をひろげて受けとめた。いや、切迫した表情などしていなくても、しっかりと受けとめていただろう。裕作も菜未を抱きしめたかったからだ。親愛の情を示すハグがしたかったのではなく、欲望のままに女体にむしゃぶりつきたかった。

そんな心情が自然と体を動かし、気がつけば菜未をベッドに押し倒していた。女に押し倒されたことは数あれど、自分から女を押し倒したのは初めてだった。

「むうっ！　むううっ！」

鼻息も荒く、菜未の胸をまさぐった。彼女は推定Hカップの巨乳だった。いまはまだ、紫色のキャミソールとピンクのブラジャーに至宝は守られている。紫色のキャミはつやつやした光沢を放つシルク製だから、触り心地もなめらかだった。類い稀な隆起を包むシルクを撫でまわすほどに、気持ちはむらむらしていくばかり……。

すぐに下着越しの愛撫では満足できなくなり、キャミソールを脱がしにかかった。裾をめくろうとすると、菜未が上体を起こしてくれた。自分でキャミを脱ぎ、ブラジャーのホックもはずしてくれる。頭に被れそうなほど大きなカップがはらりとめくれると、たわわに実った肉房が悩殺的に揺れはずんだ。

「むううっ！」

頭に血が昇った裕作は、再び菜未を押し倒した。馬乗りになって、ふたつの胸のふくらみを両手ですくいあげた。搗《つ》きたての餅《もち》のような乳肉に指を食いこませて揉みしだき、隆起の形をいびつにする。だが、菜未の乳肉はただ柔らかいばかりではなく、張りもあれば弾力もあるから、すぐに元通りの形に戻る。

「むぐぐっ……」

責めているこちらが圧倒されるような展開に、裕作は歯噛みした。かくなるうえは、標的をふくらみの頂きに変えるしかないだろう。薄いピンクの大きな乳輪の中心で、突起しかけている乳首に指を伸ばしていく。

「ああんっ！」

コチョコチョとくすぐってやると、菜未は身をよじって悶えた。さらにふたつの突起をつまんでやると、たわわな裾野をプルプル揺らしてあえぎにあえぐ。

（乳首をつままれて揺れる巨乳……たまらないな……）

裕作は何度となく生唾を呑みこまずにはいられなかった。揉み心地もよければ見た目もいやらしいこの巨乳とは、何時間でも戯《たわむ》れていられそうだった。

しかし、そういうわけにはいかない。これはお互いに高まりきった欲情をぶつけあうセックス——姉を三度連続の絶頂に追いこんだ菜未はすでに興奮しきっているはずだし、裕作だって勃起しきったペニスがブリーフに締めつけられて苦しくてしようがない。

となると、行為を先に進める必要があった。菜未だっておそらく、それをのぞんでいるに違いない。

裕作は馬乗りの体勢のまま後退《あとずさ》り、菜未の下半身からピンク色のパンティを脱がした。菜未が腰を浮かせてくれたので、スムーズに脱がすことができた。目の前に現れた真っ白いパイパンに気圧《けお》されつつ、裕作は両脚を割りひろげていった。

（まっ、丸見えだっ……オマンコが完全にっ……）

VIOの手入れをしっかりしている菜未の股間は、清潔を通り越して美しくさえあった。まだ若いせいだろう、饅頭《まんじゅう》のように盛りあがった中心の肌がくすんでおらず、魅惑のグラデーションができている。純白から桃色、さらにアーモンドピンクへと割れ目に向かって色が変わっていく姿は、丹精込めてつくられた和菓子のようであり、食欲さえもそそられる。

「なによ?」

裕作があまりにジロジロ股間を見ていたからだろう、菜未が咎めるように睨んできた。

「いや、その……綺麗なオマンコだなって……」

興奮のあまり、裕作は言葉を選べなくなっていた。

「やあねえ、変なこと言わないで」

菜未はプイと顔をそむけたが、満更でもないようだった。裕作は胸いっぱいに息を吸いこむと、美しいパイパンに顔を近づけていった。

(こっ、これはっ……)

鼻腔に流れこんできた匂いに、顔をしかめそうになった。だがもちろん、菜未がこちらを見ているので、そんなことはできない。しかし、強烈なメスの匂いだった。発酵しすぎたヨーグルトというか、熟成しすぎたナチュラルチーズというか、ともすれば鼻が曲がりそうな……。

一度嗅いだことがなければ、顔をしかめて菜未を怒らせていたかもしれない。裕作はその匂いを嗅いだことがあった。下着の洗濯を頼まれたので、パンティをひっくり返して山吹色のシミもいやらしいクロッチの匂いを嗅いだのだ。

そのときも思ったことだが、決していい匂いとは言えないのに、男の本能をぐらぐらと揺さぶられた。しかも今回は、クロッチに染みこんだ匂いではなく、生身の匂いなのだ。心なしかフレッシュな気がして、興奮が高まっていく。まずは獰猛《どうもう》な蛸《たこ》のように尖らせた唇を、女の割れ目に押しつける。

「いやあんっ！」

あえぎ声は可愛らしくても、裕作の鼻腔に流れこんできた生のフェロモンは暴力的に強烈だった。しかし、唇に伝わってくるヌメヌメした花びらの感触が、それを異臭と感じさせない。鼻の曲がりそうなブルーチーズも、フルボディのワインとマリアージュすれば、グッドテイストになるようなものだろうか？

「むううっ……」

すかさず舌を差しだして舐めはじめた。菜未の花びらはくすみもなく、縮れも少ない。美しいシンメトリーを描いて魅惑の縦一本筋をつくっている。それに沿って下から上に、ゆっくりと舐めあげていく。

「あああっ……はぁあああっ……」

クンニの様子をうかがっていた菜未が、ぎゅっと眼をつぶった。眼の下を恥ずかしそうに赤く染め、口をパクパクさせている。

感じているようだった。思えば、ジャグジーカラオケではフェラやパイズリまでしてもらったのに、お返しのクンニができなかった。いまがその時とばかりに、裕作は熱烈に舌を動かしはじめる。

下から上に、下から上に、ツツーッ、ツツーッ、と割れ目を舐めあげていくと、やがて美しいシンメトリーが崩れ、奥が見えてきた。つやつやと濡れ光る薄桃色の粘膜が姿を現すと、一瞬にして景色が変わった。

（まじでおいしそうだな……）

裕作は親指と人差し指で割れ目をひろげ、眼を凝らして凝視した。薄桃色の肉ひだがびっしりと詰まり、熱く息づいているその姿は、もう和菓子のようではなかった。採れたての貝類を彷彿とさせた。

舌先を尖らせ、浅瀬をヌプヌプと穿ってやると、

「あっ、あぁうううううーっ！　はぁうううううーっ！」

菜未がよがりはじめたので、裕作は興奮の身震いがとまらなくなった。彼女はただの女じゃなかった。年下にもかかわらず、ジャグジーでは完全にイニシアチブを握られていたし、先ほどは香澄を三度連続の絶頂に導く鬼のような責めを見せつけられた。そんな女をよがらせていると、男の本能が満たされた。自信がこみあげてきた、と言

ったほうが正確だろうか。

とにかく異様な興奮に駆られていた。興奮のままに、右手の中指を肉穴に沈めこんでいった。まずはピストン運動をするように、ゆっくりと抜き差しした。それから、クリトリスを探す。女の体の中でもっとも敏感と言われている肉芽を探しだして、舌先で転がしはじめる。

「はっ、はぁうううーっ！　はぁうううううううーっ！」

菜未のあえぎ声が、あきらかに変わった。獣じみた声を撒き散らして、クンニの快感に溺れはじめた。

3

我慢の限界が先に訪れたのは裕作だった。

せっかくだから、手マンとクンニのコンボで一度くらいはイカせてみたかった。菜未のボルテージも上昇していく一方なので、不可能ではなさそうだった。だが、挿入したくてたまらなくなってしまったのだ。

ブリーフに締めつけられている勃起しきったペニスが苦しくてしようがなかった。先走り液を大量に漏らしているらしく、ブリーフの中が異常にヌルヌルしている。パイパンの女性器を舐めまわしているのは興奮するし、できることならもっとクンニしていたかったが、もはやこれ以上男の器官を放置することはできない。

「あっ、あのうっ……」

上眼遣いで声をかけると、

「……うん」

菜未は真っ赤な顔でうなずいた。みなまで言うなという雰囲気で、裕作の言いたいことを瞬時にして理解したようだった。彼女もまた、挿入を強く望んでいたのかもしれない。

「この前のやり方でしてもらってもいい？」

菜未は上体を起こして言った。「この前のやり方」とは立ちバックである。裕作にとって騎乗位以外で初めて経験した体位なので、忘れるはずがない。

（他の体位も試してみたいけど……）

そんな気もしたが、菜未がベッドからおりて壁に両手をついてしまったので、裕作もあとに続いた。四十八手を操れるほどの経験などないのだから、菜未の求めに応じたほうがうまくいくだろうと、自分を慰める。

（それにしても、でかい尻だ……）

こちらに突きだされているボリューミーなヒップをしみじみと眺める。反り返ったペニスを揺らして腰を寄せていくと、菜未が両脚の間から手を伸ばしてきた。

裕作が入口の位置を把握しきれていない奥手であることを、菜未は覚えていたのだ。ちょっと恥ずかしかったが、一刻も早く挿入したいという欲望がそれに勝った。菜未に導かれるまま、切っ先を濡れた花園にあてがっていく。亀頭に感じるヌメヌメした柔肉が、武者震いを起こさせる。

「……ちょうだい」

菜未が振り返ってささやく。眉根を寄せ、唇を尖らせたおねだり顔が、暴力的に可愛かった。可愛さといやらしさが、矛盾することなく同居していた。

裕作は大きく息を吸いこんでから、腰を前に送りだした。

ずぶっ、と亀頭が割れ目に沈みこむと、

「んんんっ……」

菜未はうめきながら前を向いた。裕作は内心で溜息をついた。

バックスタイルの弱点は、顔が見えないことである。残念な顔をしたヤリマンならともかく、菜未のような可愛い顔が喜悦に歪み、よがり泣くところを、見たくない男なんているはずがない。

とはいえ、挿入を開始してしまってから、そんなことを言ってもしようがなかった。まだ半分も入れていないのに、ヌメヌメした肉ひだがペニスにからみついてきて正気を失いそうだった。菜未の中はよく濡れていた。そして熱かった。よがり顔を見たいという欲望も、結合の歓喜の前に霧散していくしかない。

「くっ、くぅううううっ！　くぅうううううーっ！」

ペニスを根元まで入れると、菜未はグラマーなボディをいやらしくよじった。結合の歓喜を噛みしめるような反応に煽《あお》られ、裕作は彼女のヒップを撫でまわした。鏡餅をふたつ並べたような双丘は剝き卵のようにつるつるしているが、乳房よりもずっと弾力がある。ぎゅっと指を食いこませても押し返されるほどで、これだから連打を放つといい音が鳴るのだと納得してしまう。

「ねっ、ねえ、おにいちゃんっ……」

菜未がいやらしいほど上ずった声で言った。

「はっ、早く動いてっ……動いてよっ！」

「あっ、ああ……」

裕作はあわてて菜未のくびれた腰を両手でつかむと、腰を動かしはじめた。二度目なので、いちおう要領はつかんでいた。前回も彼女をイカせることができたという自信もあり、溜めに溜めたエネルギーを爆発させるようにして、いきなりフルピッチで連打を送りこんでいく。

「はっ、はぁうううううううううーっ！」

菜未が甲高い声をあげ、パンパンッ、パンパンッ、という乾いた打擲音がそれに続く。弾力のある菜未のヒップは、いい音が鳴るだけではなく、リズムに乗らせてくれる。突いたときに跳ね返してくるから、連打を送りこみやすい。パンパンッ、パンパンッ、と尻を打ち鳴らすほどに、淫らなエネルギーがこみあげてくる。

「ああっ、いいっ！　おにいちゃん、気持ちいいっ！　もっとちょうだいっ！　もっと突いてえええーっ！」

菜未もボルテージをあげてよがっていたが、一分もしないうちに、

「ストップ！　ちょっとストップ！」

と声をかけてきた。

「ごっ、ごめんなさい。脚が……気持ちよすぎて脚がガクガクしてきちゃって……立ってるのつらい……」

「どっ、どうする？　どうすればいい？」

裕作は困惑することしかできなかった。不測の事態に対応し、迅速に解決策を示せるほど、場数を踏んでいないのだ。

「このままの体勢で、ベッドに座ってくれる？」

「あっ、ああ……」

菜未が求めてきたのは、背面座位だった。なるほど、この体勢なら脚がガクガクし

ても大丈夫だろう。それよりなにより、結合したまま移動し、体位を変えたのなんて初めてだったから、大人の階段をひとつのぼった気分になる。

「今度はわたしが動くからね……」

菜未は甘い声でささやくと、前を向いた。動きだす前に、両脚を大きく開いた。

（こっ、これはっ……この体位はっ……）

ＡＶのヘビィユーザーを自認する裕作が、見ていてもっとも興奮する体位だった。ＡＶでは普通、女の正面にカメラがある。勃起しきったペニスが割れ目を貫いている様子を、つぶさにうかがえる。菜未はパイパンだから、その様子はすさまじくエロティックなはずだ。

もちろん、実際に背面座位で繋がっている状況では、結合部を正面から見られるはずがない。この世でいちばんいやらしい景色を拝むことは叶わないけれど、想像しただけで口の中に唾液があふれてきてしまう。

叶わない夢がある一方、叶えられる夢もある。菜未が遠慮がちに腰を動かしはじめると、裕作は後ろから両手を伸ばし、たわわな双乳をすくいあげた。柔らかな乳肉を揉みくちゃにし、左右の乳首をつまみあげた。

（たっ、たまらんっ……）

女の背中に胸をくっつけた状態で双乳をもてあそぶのは、たまらなく興奮した。ましてや類い稀な巨乳だから、夢中になって揉んではつまみ、つまんでは揉む。

「くっ、くぅううーっ！　くぅううーっ！」

菜未も乳房の刺激に反応し、腰振りのピッチをあげていった。クイッ、クイッ、と股間をしゃくるようないやらしい動きでリズムに乗り、甲高い声を撒き散らしながら肉の悦びをむさぼりはじめる。

ずちゅぐちゅっ、ずちゅぐちゅっ、と響き渡る肉ずれ音が、裕作を熱狂へと駆りたてた。勃起しきったペニスをヌメヌメした肉ひだでこすりたてられると、自分の手でしごくのとは次元が違う快感が訪れ、顔が燃えるように熱くなっていく。

それに加え、両手で揉みしだいている巨乳と、腰に押しつけられている巨尻のグラマラスな感触が、「女を抱いている」という実感を与えてくれる。騎乗位や立ちバックも悪くはないけれど、素肌と素肌の密着スペースが広いほうが男の満足感も高いようだ。

だが……。

（たまらないっ……たまらないよっ……）

裕作がいよいよ忘我の境地に達しそうになったときだった。突然、部屋の扉が開き、女が入ってきた。

香澄だった。黒地に深紅の薔薇柄が入ったセクシーランジェリーを着けているのは先ほどと一緒だったが、眼を吊りあげ、双頰をふくらませている。怒りも露わな表情で、こちらを睨みつけてくる。

「どういうことよ、菜未。わたしには家の中でエッチしようとしたペナルティでオナニーさせて、自分はするわけ？」

菜未は言葉を返さなかった。後ろにいる裕作からは表情がうかがい知れなかったが、顔面蒼白になっているに違いない。

言葉を返さないだけではなく、身動きすらとれない。さすがに腰を振るのはやめていたが、両脚を大きく開いたままだ。つまり、部屋に入ってきて正面に立っている香澄に、結合部を見られている。陰毛の保護さえないパイパンの割れ目で、勃起しきったペニスを咥えこんでいるところを……。

「あっ、あのうっ！」

菜未はショック状態にあると判断した裕作は、香澄に向かって言い訳した。

「実は僕たちも、なんでこんなことしているのかわからないんです。ただ、そのぅ、さっきの香澄さんがあんまりいやらしかったから、それにあてられて……」

「人のせいにしようっていうのっ！」

香澄は声を荒らげて言うと、背中に隠していた右手を前に出した。その手に持たれていたものを見た瞬間、裕作は卒倒しそうになった。菜未も「ひっ」と声をもらし、体中を小刻みに震わせはじめた。

電動マッサージ器だった。本来、肩凝りや腰の張りをやわらげるために開発されたものだから、ヴァイブの何倍も長大なサイズで、無骨なデザインである。もちろん、現在ではラブグッズの定番商品となっているが……。

（かっ、香澄さん……ローターやヴァイブどころか、電マまで使ってオナニーしてるのかよ……）

完全にドン引きしてしまったが、緊迫する事態は裕作にドン引きしていることを許してくれなかった。

「ふふんっ、これだけは別の場所に隠してあったのよ、大きすぎてお菓子の箱には入らないから……」

香澄は電マのコードをコンセントに繋ぎ、電源を入れた。ブゥーン、ブゥーン、という重低音が部屋中に響き渡り、裕作の背中に冷や汗が伝う。

（なにやってんだよ、菜未ちゃん……逃げないと……早く逃げないと……）

菜未はしかし、逃げるどころか両脚さえ閉じようとしない。衝撃的な展開に金縛りに遭ったようになっているのだろうが、それにしても無防備な格好すぎる。

「さっきはよくもやってくれたわね……」

香澄が鬼の形相で迫ってくる。その手には、重低音で唸る電マ……。

「はっ、はぁうううううううーっ！」

クリトリスに振動するヘッドを押しつけられ、菜未が悲鳴をあげた。裕作もまた、悲鳴をあげたかった。

ブゥーン、ブゥーン、という振動が、勃起しきったペニスにも伝わってきたからである。ヘッドが直接ペニスに触れているわけではない。結合部を通じて伝わってくるのだが、直接押しあてられた菜未の衝撃を想像すると、戦慄を覚えずにはいられなかった。

4

菜未はあえぎ声が可愛い女だった。地声がアニメの美少女っぽいから、喜悦の悲鳴をあげていても、いやらしさの中にどこか可愛らしさが含まれている。

だがいまばかりは、菜未のあえぎ声に可愛らしさはなかった。勃起しきったペニスを咥えこんだ背面座位の体勢で、クリトリスに電マのヘッドをあてがわれた彼女の口からあふれてくるのは、呆れるほど獣じみた、発情したメスの咆哮《ほうこう》だけだ。

「はぁうううううーっ！　はぁううううーっ！　はぁうううううーっ！」

オルガスムスに達したわけでもないのに全身をビクビクと痙攣させながらあえぎに

あえぎ、したたかにのけぞった。後ろにいる裕作に体重をかけてきたので、やがて裕作はこらえきれずにベッドに倒れた。

背面座位から背面騎乗位への移行である。

もちろん、菜未は体位を変えたかったわけではないだろう。彼女はただ、電マの衝撃に耐えられず後ろに倒れてきただけだ。

とはいえ、思いきりのけぞって喉を突きだしているから、倒れた瞬間に菜未の顔がすぐ側に来た。見ることができたのは横顔だが、いちおう表情がうかがえるようになった。

(エッ、エロすぎるだろ……)

菜未の可愛い顔は真っ赤に紅潮していたし、くしゃくしゃに歪んでもいたが、悶絶しているふうではなかった。あきらかに感じていた。いまにも白眼を剝いて舌を伸ばさんばかりである。

(セックス中の部屋に踏みこまれて、ショック状態かと思ったのに……)

心配していた裕作は、安堵を覚えるより先に呆れた。と同時に、電マの威力が偽物ではなかったことを知った。AVでよく、電マ責めに遭った女優が全身を痙攣させて連続絶頂しているが、あれは演技ではなかったらしい。見た目は無骨でも、破壊力はローターやヴァイブ以上なのだ。

となると、裕作も黙ってペニスを勃《た》てている役に甘んじているわけにはいかなかった。電マを操っている香澄は怒り心頭に発しているようだが、それはそれ。性器を繋げている女が感じているなら、もっと感じさせてやりたくなるのが男という生き物なのである。

あらためて後ろから両手を伸ばして双乳をすくいあげた。推定Hカップの巨乳は喜悦に汗ばんで、先ほどよりいやらしい揉み心地がした。さらに乳首をつまみあげると、菜未は髪を振り乱してよがりによがった。

「ああっ、いいっ！　おにいちゃん、気持ちいいっ！　もっとしてっ！　痛いくらいにひねりあげてええぇーっ！」

望み通りに左右の乳首をひねりあげてやると、菜未はガクガクと腰を震わせながら、キスを求めてきた。同じ方向を向いているものの、彼女の背中とこちらの胸が密着しているから、立ちバックよりも自然に唇を重ねることができた。

それも発情の証《あかし》なのか、菜未の口内は唾液にまみれていた。舌をからめあうと甘い唾液が裕作の口内に流れこんできて、舌を離すと唾液が淫らな糸を引いた。

「なっ、なんなのっ……なんなのよっ……」

香澄が上ずった声で吐き捨てる。いまのいままで、もっぱら妹を睨んでいた彼女なのに、今度は裕作が睨まれた。

「そんなにいいの？　菜未の抱き心地、そんなにっ……」

切迫した口調に、裕作はピンときた。

香澄も香澄で、妹にコンプレックスをもっているのかもしれなかった。乳房のサイズはもちろん、香澄より小柄で肉づきのいい体をしている。トランジスタグラマーというやつだが、昔から男好きするスタイルとして知られている。

「ねえ、どうなのっ！　菜未のオマンコ、そんなに気持ちいいのっ！」

香澄がヒステリックに叫んだが、そんな質問はナンセンスだと裕作は思った。

なぜなら、菜未の股間には振動する電マのヘッドをあてがわれているからだ。そんな状況では普通の結合より気持ちよくなるのが当たり前であり、菜未はもちろん、裕作だって欲情しきって汗まみれになっている。肉穴越しにペニスに伝わってくる振動が気持ちよすぎて、脳味噌が蕩《とろ》けてしまうそうだ。

「ああっ、すごいっ！　すごい気持ちいいっ！」

菜未がうわごとのように言い募る。

「こっ、こんなにすごいの初めてっ！　どうにかなりそうっ……どうにかなっちゃいそううーっ！」

肉穴にペニス、クリトリスには電マ、さらに左右の乳首までひねりあげられている菜未は、いよいよオルガスムスに達しそうだった。

「イキなさい、菜末……情けない顔してイケばいいわよ……」

香澄が勝ち誇った顔でささやく。

「でもね、一度イッたくらいじゃ、やめてあげないからね。いくら苦しくても、くすぐったくても、三回続けてイクまで電マは離さない……」

「いっ、いやっ！」

菜末が紅潮した顔をひきつらせる。

「いやなら我慢することね……苦しかったわよぉ、もうイッてるのに刺激されつづけるの……苦しくて苦しくて涙がとまらなかった……あなた、そんなわたしをせせら笑ってたわね？　同じことしてあげるから……快楽地獄に堕《お》としてあげる……」

「いやっ……いやあああああーっ！」

菜末がこわばった顔を左右に振っても、香澄は許さなかった。ブゥーン、ブゥーン、と唸る電マのヘッドを、菜末のクリトリスにあてがいつづけた。その振動は、勃起しきった裕作のペニスまで響いてくる。頭がおかしくなりそうなほどの気持ちよさにあてられて、乳首を思いきりひねりあげてしまう。

「はっ、はぁうううううううーっ！」

菜末がグラマラスなボディを弓なりに反り返した。彼女の顔は裕作の顔の横にあったから、汗まみれの頬と頬がこすれあった。表情をしっかりうかがえなくても、菜末が切羽つまっていることは伝わってきた。ただでさえキツキツの肉穴が締まりを増し、オルガスムスが近づいていることを教えてくれる。

「もっ、もうダメッ！　もう我慢できないっ！　イッ、イッちゃうっ！　もうイッちゃうっ！　イクイクイクイクッ……はぁあああああーっ！」

ビクンッ、ビクンッ、と腰を跳ねあげて、菜未は絶頂に達した。裕作がチラと横顔をうかがうと、鼻の下をだらしなく伸ばし、いまにも白眼を剝きそうな、いやらしすぎるアヘ顔をしていた。

彼女がいま、桃源郷をさまよっていることは間違いなかった。ぶるぶるっ、ぶるぶるっ、とグラマーボディを痙攣させて、肉の悦びを堪能している。

ここでいったんストップすれば——一分でいいから余韻を嚙みしめる時間を与えてやれば、菜未は桃源郷をさまよいつづけたことだろう。

しかし……。

「ほーら、もっと気持ちよくなりなさい」

香澄はクリトリスから電マのヘッドを離さなかった。イキきった菜未が、「やめてえーっ！」と怯えきった顔で言っても意に介さず、

「あなた、こうされるのが好きなんでしょう？　だからわたしにもやったんでしょう？　遠慮しないでもっと気持ちよくなればいいじゃないの……」

息絶えだえの妹にせせら笑いを浴びせる。

「裕作くん……」

真顔に戻ってこちらを見てきた。

「あなたもちょっとは協力しなさい。菜未のこと、もっと気持ちよくしてあげて」

香澄はそれ以上なにも言わなかった。言われなくても、彼女がなにを言いたいのか裕作にはわかった。

――あなた、わたしと騎乗位したとき、下からガンガン突いてきたわよね？　あれを菜未にもやってあげて。

無言でいても、香澄の顔にはそう書いてあった。裕作は一瞬、躊躇《ちゅうちょ》した。ふたりがかりでイカせたばかりの菜未のことを、これ以上責めるのは気の毒な気がしたからである。

するとと香澄が、

「なによ？」

唐突に睾丸をつかんできたので、裕作の息はとまった。

「わたしのことはめちゃくちゃにしておいて、菜未には手心を加えるの？　もしかして、菜未のことが好きなの？　ねえ、どうなのよっ！」

「ちっ、違うっ！　違いますっ！」

裕作はひきつりきった汗まみれの顔を、必死になって左右に振った。鏡を見れば、悲しくなるほど滑稽な顔をしているに違いなかった。男の急所中の急所をニギニギされている恐怖に、涙まで出てきそうだった。それでも不思議なくらい、勃起がおさまる気配はない。

「だったら菜未のこと、もっと気持ちよくしてあげなさいよ」

「わっ、わかりましたっ！」

裕作がヘッドバンキングのような勢いでうなずくと、香澄はようやく睾丸から手を離してくれた。それはいいのだが……。

「だっ、大丈夫ですか？」

菜未にこそっと声をかけると、

「ダッ、ダメッ……ダメよっ……」

汗にまみれて紅潮している顔を、小刻みに振った。視線を香澄に移せば、鬼の形相で仁王立ちだ。電マをクリトリスからいったん離しているのは、裕作が動きだすのを待っているからだろう。

（ちっ、ちくしょーっ！）

裕作は半ば自棄になり、ブリッジするように腰を浮かした。結合感を充分に深めつつ、下からピストン運動を送りこみはじめる。

「はっ、はぁおおおおおおおーっ！」

菜未の体が反ってくる。横顔が苦悶に歪んで見えるのは、感じている証拠だろう。電マも気持ちがいいだろうが、所詮は機械。女がいちばん感じるのは、結局のところ生身のペニスなのかもしれない。

一方の裕作も、取り憑《つ》かれたように腰を動かしていた。下になっているので、先ほどまでは菜未の動きを受けとめる側だったが、やはり自分が動くと気持ちがいい。ピストン運動には、男の性的衝動を燃え盛らせるすべてがある。ずんずんっ、ずんずんっ、と突きあげれば、「女を抱いている」という強い実感が訪れる。貫いてひとつになり、快楽の共同作業を行なっているという……。

「ああっ、いいっ！　気持ちよすぎるっ！　あぁあああああーっ！」

乱れた菜未が激しく身をよじりはじめたので、裕作は押さえるために双乳をつかんだ。搗きたての餅のように柔らかい乳肉に指を食いこませれば、自然と揉みしだきはじめてしまう。ずんずんっ、ずんずんっ、と下から突きあげながら、類い稀な巨乳をくたくたになるほど揉み倒してしまう。

さらに、香澄が満を持して参戦してきた。裕作が動きだしたことで、いったんは様子見を決めこんでいたが、振動するヘッドを結合部にあててきた。

「はっ、はぁおおおおおーっ！」

「ぬおおおおおおおおーっ！」

菜未と裕作は、同時に叫び声をあげた。菜未はともかく、裕作まで声をあげてしまったのは、電マの振動が直接ペニスに襲いかかってきたからである。

わざとではないかもしれない。香澄は先ほどまでと同じように、クリトリスにあてがおうとしたのかもしれないが、いまこちらは動いている。ずんずんっ、ずんずんっ、と下から突きあげているから、狙い通りの場所にあてがうことができないのかもしれない。

その証拠に、ずっとあてがわれているわけではなく、触れたり離れたりする。菜未もそうだろう。断続的に電マのヘッドがクリトリスに直撃し、さらには下から怒濤《どとう》の突きあげ——その動きも、次第にシンクロしていく。

「ああっ、ダメッ……そんなのダメッ……そんなことしたらすぐイッちゃうっ……すぐイッちゃううううーっ！」

菜未はガクガクと腰を震わせて絶叫すると、

「はっ、はぁうううーっ！　イクイクイクイクッ……はっ、はぁおおおおおおおおーっ！」

獣じみた声をあげて、オルガスムスに駆けあがっていった。ビクンッ、ビクンッ、とあまりに激しく腰を跳ねさせるので、もう少しでペニスが肉穴から抜けてしまうところだった。

(すっ、すごいぞっ……すごい痙攣だっ……)

後ろから抱きかかえる形での背面騎乗位は、裕作がいままで経験した中で、もっとも女体と密着している体位だった。二十一歳のグラマーボディが、ぶるぶるっ、ぶるぶるっ、と痙攣しているのを全身で感じることができる。射精に直接繋がる快感とはひと味違うが、絶頂に達した女を抱いているのはたまらなく心地よく、さらにずんずんと下から突きあげずにはいられなかった。

5

裕作の下からのピストンと、香澄の電マ攻撃により、菜未はつごう六回の絶頂に達した。二回目からは小休止なしの連続絶頂だったので、

「もうイッてるからっ! イッってるってばあああーっ!」

と菜未は大粒の涙を流して泣き叫んでいた。先ほどの意趣返しなら三回でいいはずなのに、香澄は妹を許さなかった。やられたら倍返しが、キャリアウーマンの信条なのかもしれない。

もっとも、「やめて!」「もう無理!」と叫んでいる菜未も、しばらくすると新たな

る快楽の波にさらわれ、次の絶頂に向かって身をよじりはじめるから、やめるタイミングがなかったとも言えた。

部屋に静寂が戻ってきたのは、菜未が失神してしまったからだった。

裕作が下から突きあげても、香澄が電マを股間にあてがっても反応がなくなり、完全なグロッキー状態になったので、裕作は結合をといて彼女の下から抜けだした。息も絶えだえだったが、股間のイチモツは大蛇のようにそそり勃ったままだった。遅漏気味のせいもあるが、菜未がイキまくっていたせいで、射精に意識を集中できなかったのである。

「ねえ……」

香澄が声をかけてきた。菜未を責めていたときの鬼の形相は引っこめて、恥ずかしそうに下を向き、眼は合わせてこない。

「出してないから、苦しいんじゃない？」

チラっ、とそそり勃っているペニスを見る。

「わたしでよかったら、相手してもいいけど……」

恩着せがましく言いつつも、香澄自身が欲情しきっていることは一目瞭然だった。

先ほど菜未に三度連続で絶頂に導かれていたが、生身のペニスが欲しくなったに違いない。生身のペニスでイキまくっていた妹に、ジェラシーの炎を燃やしていたのかもしれないが……。

裕作としても、香澄の期待に応えるのはやぶさかではなかった。というか、はっきり言って射精したかった。菜未のグラマーボディもたまらなかったが、スレンダースタイルの香澄も抱き心地は悪くない。そのふたりを抱き比べることができるなんて、二度とないような僥倖《ぎょうこう》に違いない。

とはいえ、裕作のペニスはネトネトに濡れ光っていた。もちろん、菜未が漏らした発情の蜜をたっぷりと浴びているからである。その状態で、香澄と始めるのはさすがに無理な気がした。無理というか、失礼だ。

「ちょっとシャワー浴びてきますんで、香澄さん、僕の部屋で待っててくれます？」

そそくさと部屋を出ていこうとした裕作の手を、香澄がつかんだ。

「いいわよ、シャワーなんて……」

香澄は裕作の背中を壁に押しつけると、足元にしゃがみこんだ。きつく反り返っている肉棒を握りしめると、ネトネトの亀頭をためらうことなく口に含んだ。

「むううっ！」

裕作は驚愕に眼を見開きながらのけぞった。他の女と繋がっていたペニスを洗いもせずに口に咥えるなんて、見るからに潔癖症な香澄とは思えない振る舞いだった。下着の洗濯さえ、妹のものとは別にしてと言っていたくらいなのに……。

（そっ、そんなにすぐ欲しいのか……五分やそこらも待てないくらい……）

啞然として立ちすくんでいる裕作をよそに、香澄は「むほっ、むほっ」と鼻息も荒く、ペニスをしゃぶりあげてきた。切迫感だけが生々しく伝わってくるフェラで、妹の漏らした蜜をきれいに掃除していく。

彼女は本当に、裕作がシャワーを浴びるのも待っていられないくらい、欲情しているらしい。

となると、それに応えなければ男がすたるというものだろう。フェラの快感に後ろ髪を引かれつつも、裕作は香澄の腕を取って立ちあがらせた。かわりに自分がしゃがみこむ。攻守交代とばかりに、パンティの両サイドをつまみあげる。

「いっ、いやっ……」

香澄はガーターベルトを着けたままだったが、ストッキングを吊るストラップの上からパンティを穿いていたので、それだけを脱がすことができた。ずりさげて黒い草むらを露わにした瞬間、むわっと獣じみた匂いが立ちこめてきた。先ほどの連続絶頂の余韻だけではなく、新鮮な蜜も大量に漏らしていそうだった。

（僕と菜未ちゃんがしているところを見て、興奮したのかな？）

そう思うと、体の芯に喜悦の震えが走り抜けていった。実の妹のセックスを見て興奮してしまうなんて、アブノーマルもいいところだが、裕作もまた、見られて興奮していた。最中にはよくわからなかったが、香澄の視線を感じることでたしかに普段よりペニスが硬くなっていた気がする。

「むうう……」

香澄の下半身に抱きつくような格好で、湿り気を帯びた黒い草むらに鼻面を突っこんでいく。彼女の草むらは優美な小判形で、清楚な美貌に相応しい。初めて見たときは、美人というのは陰毛の生え方までこんなに綺麗なのかと感嘆したものだ。

だがいまは、いやらしさしか感じない。草むらの奥からむんむんと漂ってくる発情のフェロモンが、男の本能をしたたかに揺さぶってくる。どれだけ優美な生えっぷりでも、欲望の対象にしか見えない。

「あああっ……」

クンニをするために両脚をひろげると、香澄は小さく声をもらした。女が立っている状態でクンニをするのは難しい気もしたが、ガニ股になった香澄の姿がいやらしすぎて、横になる気にはなれない。

裕作はダラリと舌を伸ばすと、匂いの源泉を探りはじめた。視覚ではうまくとらえられなくても、黒い草むらの下には女の花があるはずだった。

「あううっ！」

くにゃくにゃした花びらに舌があたると、香澄は伸びあがった。それでも裕作は彼女の両脚を押さえて、ガニ股の格好をキープする。くなくな、くなくな、と舌を動かし、濡れた花びらを舐めまわしてやる。

「あああっ……はぁあああああっ……」

スレンダーな肢体を淫らにくねらせて、香澄があえぎはじめる。裕作は鼻息を荒らげ、夢中になって舌を躍らせる。あふれだした新鮮な蜜が舌にからみつき、フェロモンの濃度もあがっていく。舌先がついにクリトリスに到達すると、

「はぁうううううーっ！」

香澄は喉を突きだし、ガニ股になっている両脚をガクガクと震わせた。立っているのがつらそうだったが、そういう状態の女の姿は、男の淫心を揺さぶるものだ。

菜未と立ちバックをしていたときもそうだったが、あのときは気を遣ってしまった。今度はもう少し長く楽しみたい。立っていられないほどの快楽の嵐で、香澄を翻弄《ほんろう》してやりたい。

「いいですか？」

裕作は立ちあがり、息のかかる距離まで香澄に顔を近づけて言った。

「このままでしても、いいですか？」

「えっ？　ええっ？」

香澄は一瞬、意味がわからなかったようだが、裕作が片脚を持ちあげると理解して

くれたようだった。対面立位——AVで見たことがある体位の中でもとりわけ難易度が高そうなものだが、どういうわけかいまならできそうな気がした。

右腕で香澄の片脚を抱えつつ、左手で勃起しきったペニスをつかむ。立ちバックだと入口がよくわからないが、前からだとなんとなく見当はつく。

「くううっ！」

切っ先を濡れた花園にあてがうと、香澄はぎゅっと眼をつぶった。亀頭にくにゃくにゃした花びらを感じている裕作は、狙いを定めて腰を前に送りだした。本当にこんな格好で挿入が可能なのかどうか、自分でも半信半疑だった。しかし、思ったよりずっとスムーズに、ペニスが肉穴に入っていく。

「あああーっ！」

根元までペニスを埋めこむと、香澄は声をあげて首根っこにしがみついてきた。無事に挿入は遂げられたわけだが、そこから先が難しかった。どうやって動けばいいのか、さっぱり見当がつかなかった。考えてみれば、裕作はまだ正常位でセックスした経験すらなかったのだ。

（こっ、これは失敗だったか……）

嫌な予感が胸底をよぎっていったが、至近距離にある香澄の顔がいやらしすぎて見とれてしまう。元が清楚な美女だけに、眼の下を赤く染めてハアハアと息をはずませている様子を見ているだけで、たまらない気分にさせらる。

それに、立って抱きあっているこの体位は、背面騎乗位よりなお体の密着感が高かった。結合しただけで、ある程度の達成感と満足感があった。素肌の密着する面積が広ければ広いほど、「女を抱いている」気分にさせられるのが、セックスというものなのかもしれない。

とはいえ、動けなくてはどうにもならないので、横になることにした。結合状態を保ったままピンクの絨毯の上に香澄をあお向けに倒し、裕作は覆い被さる体勢になる。初めての正常位だった。いちおう体勢は安定したが、まだ動きだすことができない。AV男優はいとも簡単に腰を回転させ、女をひいひいよがらせているが、あの動きを自分ができるとはとても思えない。眼をつぶって祈るような表情をしているだけの香澄に、助けを求める気にもなれない。

(まいったな……)

裕作がいよいよテンパりそうになったときだった。

「具合はどう?」

耳元でコソッとささやかれた。ビクッとして振り返ると、菜未がデビルスマイルを浮かべていた。失神状態から復活し、ベッドからおりてきたようだった。

「おねえちゃんのオマンコより、わたしのほうがキツキツでしょ?」

「ううっ……」

裕作はたまらず上体を起こした。菜未の挑発的な台詞《せりふ》を、香澄の耳に入れたくなかったからだ。

「おねえちゃんなんかさっさとイカせちゃって、もう一回、菜未のキッキツのオマンコ使って……」

膝立ちで身を寄せてきている菜未が、キスをしてきた。裕作はすぐに口を開いてディープキスに応えた。自分でもいったいなにをやっているのだろうと思った。香澄が眼をつぶっているからいいものの、姉と結合しながら妹とキスをするなんて、いくらなんでもやりすぎである。

ただ、そのアンモラルなキスは、思わぬ副産物をもたらした。ねちゃねちゃと音をたてて舌と舌をからめあっていると、腰の裏側あたりがもぞもぞしてきた。さらに菜未が乳首をいじってきたので、裕作の中でなにかがはじけた。

「ぬっ、ぬおおおおおおーっ！」

それはまさに、本能の爆発としか言いようがなかった。突然腰が動きだし、M字に開かれている香澄の両脚の間に、ピストン運動を送りこみはじめた。

(たっ、たまらないっ……たまらないよっ……)

経験値の高い人間から見れば、拙《つたな》い腰使いだったかもしれない。しかし、結合したもののまったく動けなかった裕作にとっては、奇跡が起こったようなものだった。ずちゅぐちゅっ、ずちゅぐちゅっ、と卑猥な肉ずれ音をたてて勃起しきったペニスを抜き差しした。内側の肉ひだがざわめきながら吸いついてくるのを感じながら、渾身のストロークを送りこんでいく。

「ああっ、いやあっ……いやいやいやいやあああああーっ！」

ピストン運動がリズムに乗ってくると、香澄も長い黒髪を振り乱してよがりはじめた。裕作はその腰をつかみ、怒濤の連打を送りこむ。一打ごとに肉と肉との密着感が増し、奥へ奥へと引きずりこまれていくような気がする。

（きっ、気持ちよすぎるだろっ……）

騎乗位やバックスタイルも悪くないけれど、セックスの王道はやはり正常位なのだろう。それを思い知らされた感じだった。しかもいまは、姉に連打を浴びせながら、妹とディープなキスをしているし、乳首までいじられている。まるで妄想の中のような出来事が、現実に起こっているのである。

（ダッ、ダメだっ……これはさすがに……我慢できない……）

射精の前兆に、顔が燃えるように熱くなっていく。汗が眼の中に入ってきても、瞼《まぶた》を閉じることはできない。セクシーランジェリー姿で両脚をM字に開き、その中心にペニスを咥えこまされている香澄の姿は、この世のものとは思えないほどいやらしかった。その一方、乳首をくすぐりながらおねだり顔でキスをしてくる菜未の顔も可愛らしい。いつもの小悪魔ぶりはどこへやら、裕作のペニスが欲しくてしかたがないという顔をしている。

遅漏気味の裕作とはいえ、こんな状況でいつまでも射精をこらえるのは至難の業《わざ》だった。香澄をイカせて、続けざまに菜未と繋がりたい気もしたが、男の精を放出したいという欲望のほうがぐんぐんと強まっていく。

しかし。

「ダッ、ダメッ！　もうダメッ！」

香澄が切羽つまった声をあげた。

「もうイキそうっ……イッちゃいそうっ……」

裕作よりひと足早く、限界を迎えたようだった。

「むううっ……」

ならば、と裕作は気合いを入れ直した。イキたがっている女を置いてけぼりにして射精してしまうような、そんな男にはなりたくなかった。

「むううっ……むううっ……むううっ……」

息をとめ、残りのスタミナを総動員して怒濤の連打を送りこんだ。ずんずんっ、ずんずんっ、と突きあげるほどに、香澄の背中は弓なりに反っていく。みずから股間を押しつけるようにして、少しでも多くの愉悦をむさぼろうとしている。

「おねえちゃん、イッちゃいそうなの？」

菜未が声をかけると、香澄はハッと眼を見開いた。恥ずかしい格好でセックスをしている様子を妹に間近で見られ、怒りだしてもおかしくないシチュエーションだったが、いまの香澄にそんな余裕はない。

「みっ、見ないでっ……あっちに行ってて……」

力なくそれだけを口にした姉に、菜未は意地悪な笑みを向けて電マを拾いあげた。先ほど自分を追い込み、つごう六回の絶頂に導いた快楽マシンのスイッチを入れ、振動するヘッドを香澄の股間にあてがった。

「はっ、はぁうううううううーっ！」

香澄は思いきり喉を突きだし、獣じみた悲鳴をあげた。ビクンッ、ビクンッ、と腰を跳ねあげながら、ちぎれんばかりに首を振った。

「ダッ、ダメッ！　そんなのダメッ！　ゆっ、許してっ！　電マは許してちょうだいいいいーっ！」

憐れさえ誘う哀願も、妹には届かなかった。菜未は眼を爛々《らんらん》と輝かせて姉の股間に振動を送りこみ、エクスタシーへと追いこんでいく。

「はぁああっ、イクッ！　そんなことしたらすぐイッちゃうっ！　イクイクイクイクイクイクッ……はぁおおおおおおおーっ！」

「むううっ！」

絶頂に達した香澄の肉穴がぎゅっと締まり、裕作は唸った。あまつさえ、電マの振動は香澄の中に埋まっているペニスにも響いてきている。二重、三重の快楽の輪に包囲され、裕作も限界を迎えた。

「でっ、出るっ！　もう出るっ！　おおおおっ……ぬおおおおおおーっ！」

雄叫びをあげて最後の一度を痛烈に打ちこむと、その反動を利用して肉穴からペニスを抜いた。ゴムを着けていないので、中で出すわけにはいかなかった。

「ああんっ、かけてっ！　わたしにかけてっ！」

菜未が電マを放りだし、ペニスの前に顔を突きだしてくる。

「ふざけないで、菜未っ！　かけるなら、わたしでしょっ！　裕作くん、わたしにかけてっ！」

香澄も負けじと顔を突きだしてきた。ほぼ同時に、裕作は爆発寸前のペニスをしごきはじめた。何度もしごく必要はなかった。ドクンッ！　と音をたてそうないきおいで白濁のエキスが放出され、それが次々に姉妹の顔に着弾していく。

「おおおおっ……おおおおおーっ！」

喧嘩の火種になりそうなので、どちらかを贔屓《ひいき》するわけにはいかなかった。裕作は放出の歓喜に身をよじりながら、香澄と菜未、どちらの顔にも平等にかけるよう、懸命に狙いを定めた。

「あああっ……ああああっ……」

「はぁああっ……はぁああっ……」

湯気の立ちそうな白い粘液で美しい顔を穢された姉妹は、けれども淫らがましく身をよじり、あえぎ声を重ねあわせた。裕作が最後の一滴まで漏らしきると、揃って舌を差しだし、一本のペニスをふたりでおいしそうに舐めはじめた。

エピローグ

朝が来た。

ピンクの絨毯の上に男ひとりと女ふたりが倒れ、部屋に充満する空気は湿っぽかった。湿っぽいだけではなく、ひと晩中続いた乱交パーティもどきによって、発情したオスとメスの淫臭がたっぷりと孕まれている。

「いくらなんでもやりすぎよ……」

菜末が天井を見上げて言った。あえぎすぎたせいだろう、可愛いアニメ声がかすれてしまっている。

「こんな数えきれないくらいイッたセックス、わたし初めて……」

「わたしだって……」

香澄が息をはずませながら返す。

「こんないやらしい経験したの、生まれて初めて……」

ふたりとも半ば放心状態で、乳房や股間を隠す余裕すらない。裕作にしても、ちんまりと下を向いているペニスを隠していない。ひと晩でつごう五回も射精したので、完全なる弾切れである。スタミナもすっかりなくなり、ちょっとでも油断すれば眠りに落ちてしまいそうだ。

「でもね、わたし思った……」

香澄がしみじみした口調で言った。

「セックスって楽しいんだなって……楽しくて気持ちいいんだなって……」

つまり、香澄にとってセックスはいままで楽しくないものだったのだろうか？　そうであるなら同情するが、裕作もまた、これほどセックスを満喫したことはない。

「わたしはすっきりした」

菜未は少し恥ずかしそうに言った。

「すっきり？　最近エッチしてなかったの？」

リア充女子大生が欲求不満？　嘘でしょ？　と香澄の顔には書いてある。

「そうじゃなくて……」

菜未はいったん言葉を切り、眼を泳がせてから続けた。

「わたし、子供のころからおねえちゃんのこと大嫌いで……だってそうでしょう？　美人で成績もよくて真面目な姉をもつ妹って大変なのよ。なんでもできのいいおねえちゃんと比較されて」

「そんなことないでしょ。あなたにはあなたのいいところが……」

「フォローしなくていいの。でもね、おねえちゃんがイキまくってるところ見てたら、なーんだ、この人も自分とおんなじ人間なんだって思えちゃった」

「わたしは怪獣かなにかだったわけ？」

香澄が眉をひそめると、菜未は首を横に振った。

「怪獣じゃない。子供のころから昨日まで、わたしにとっておねえちゃんは完全無欠のヴィーナスだった」

「エッチしてるところ見たら、人間になったのね？」

「だって……」

菜未は何事かを思いだしたようにクスクスと笑った。

「家の中でまで澄ました顔して歩いてるおねえちゃんが、まさかあんなに下品な顔でイクなんて……衝撃だったなあ。涎《よだれ》は垂らすわ、鼻の下は伸ばすわ、いまにも白眼まで剝きそうだわ……」

「あんたのイキ方だって可愛かったわよ」

香澄もクスクスと笑った。

「上眼遣いで男を手玉にとってる子だから、さぞや激しいセックスをするかと思ったら……赤ちゃんみたいに可愛い顔して『イクーッ！』って……」

「赤ちゃんはないでしょ、赤ちゃんは……」

姉妹は眼を見合わせて笑った。裕作も自然と頬がゆるんでしまう。

なんだか、ふたりの間にあったわだかまりが溶けていくのを見ている気分だった。

きっかけが3Pであろうがなんであろうが、仲睦まじくなるのはいいことだ。父親が違い、キャラクターの相反するふたりだけれど、本当はずっと仲よくなりたかったのかもしれない。

(きょうだいか……)

裕作は遠い眼になってしまった。香澄と菜未がうらやましかった。戸籍上ではきょうだいでも、自分は彼女たちの輪の中に入れないと思った。血も繋がっていなければ、幼少時代をともに過ごしたわけではない——逆に言えば、そのおかげでセックスはできたのだが……裕作が本物の弟や兄だったら、さすがに香澄や菜未もセックスしようとは思わなかっただろう。

(本物のきょうだいじゃなくて、よかったのか、悪かったのか……)

ひとりっ子で育った裕作だから、美人の姉にも、可愛い妹にも憧れたことがある。とはいえ、冴えない自分と血が繋がっていたら、香澄ほど美人でもなく、菜未ほど可愛くもないような気がするが……。

「ねえねえ、裕作くん……」

香澄が声をかけてきた。

「これからも定期的に三人でしない？　今日みたいにママやお義父《とう》さんが外泊しないときは、ちょっといいホテルに泊まってさ」

「賛成！」

菜未が笑顔で手を挙げる。

「夜景が見える高級ホテルのご宿泊代は、もちろんおねえさまがご負担していただけるんですよね？　高給取りのエリートおねえさまが」

「……いいけどね」

香澄がやれやれと溜息をつく。

「姉妹でひとりの男を共有するなんてちょっと変態チックだけど、裕作くんなら許せる気がする。前世でずいぶん徳を積んだんじゃないの？　美人姉妹とただれたセックスやり放題なんて、夢のような話じゃないの」

ふたりは楽しそうに語り合っている。

「ちょっと待ってください」

裕作はすっと立ち上がると姉妹に毅然と声をかけた。ピンクの絨毯の上に直立不動となり、美人姉妹を真顔になって見つめる。突然の裕作の変貌に、ふたりは呆然としている。

「実は僕、近々東京からいなくなるんです」

「えっ？」

「どういうこと？」

香澄と菜未も驚いた顔で上体を起こす。

「ファミレス時代の先輩が長野のお蕎麦屋さんで店長をやることになって……一緒にこないかって誘われて……僕にとってその人は、兄貴分みたいな感じで……」

裕作は切々と言葉を継いだ。

長野に行く決心がついたのは、たったいまだった。美人姉妹と仲よくなり、肉体関係までできたとなれば、なるほどこの家は天国になるかもしれない。父が再婚する前のおひとり様天国ではなく、まさしく夢のような……。

香澄も菜未も気が強いから、時には喧嘩することもあるだろう。どちらかに本命の彼氏ができたり、裕作がどちらかを本気で好きになったりすれば、気まずい関係になってしまうことも考えられる。

それでも、おひとり様天国を決めこんでいたころに比べれば、ずっとカラフルで喜びに満ちた、スリリングな毎日を送れそうだった。前世でいくら徳を積んだところで、こんな生活はあり得ない。二十六歳の美人キャリアウーマンと二十一歳の可愛い女子大生、ふたりを相手に定期的に3P——宝くじに当たるよりラッキーと言っても過言ではないだろう。

しかし……。

そんな色ボケ天国な毎日が仮に何年も続いてしまったりしたら、社会復帰が難しくなりそうだった。無職のままセックスのことばかり考えているダメ人間に向かって、一直線に急降下だ。そして将来はこどおじである。残念な子供部屋おじさんだ。

香澄は一流企業に勤めているバリバリのキャリアウーマンだし、菜未だって要領がよさそうだからびっくりするような有名企業に就職しそうな気がしてならない。それに比べて自分は……

「なにも仕事のために、長野まで行かなくてもいいんじゃないかなあ……」

香澄が溜息まじりに言った。

「就職先を探してるなら、わたしも知りあいに聞いてあげるし……どんな仕事がやりたいの？　前はファミレスよね？」

「あっ、飲食だったらわたしも顔広いよ。西麻布の隠れ家的バーなんてどうかな？　芸能人とかが来るようなとこ」

「いや、もう決めましたから」

裕作はきっぱりと言い放った。揺るぎない決意を滲ませた口調に姉妹は言葉を継げなくなった。

「短い間でしたが、おふたりがこの家に来てから、本当に楽しいことばかりでした。毎朝面倒くさい食事を用意させられたことや、ことあるごとにコンビニにパシらされたことや、パンツの洗濯まで押しつけられたことは、もう忘れます。楽しい思い出だけをもって長野に行きます……」

人に話せば、愚かな選択をしたと言われるかもしれない。男に生まれてきて、美人姉妹と3Pやり放題の生活を放りだすなんて馬鹿げていると。

それでも、ここで苦渋の決断をしなければ自分の人生はダメになる。未練を背中で断ち切って自立しなければならない。こどおじになってから後悔しても遅いのだ。そしてできることなら……長野で心身を鍛え直し、もっと立派な男になって彼女たちと再会したかった。もちろん、きょうだいとして……。

「ちょっ、ちょっと……」

香澄と菜未が四つん這いで迫ってきたので、裕作は焦った。

「なっ、なんですか？　もう朝ですよ。解散して各自の部屋に……」

「朝だけど、裕作くんがここから出ていくと思うと淋しくなっちゃった……」

「むううっ！」

弾を撃ち尽くしてちんまりしているペニスを香澄に咥えこまれ、裕作は唸った。

「これで最後だと思うと、とても解散する気にはなれないなあ……」

菜未が巨乳を揺らしながら膝立ちになり、首根っこに両手をまわしてくる。拒む隙もない素早さで唇を奪われ、チューッと舌を吸いたてられる。

「むぐっ……むぐぐっ……」

裕作は悶絶した。悶絶しつつも、ちんまりしていたペニスが、香澄の口の中でむくむくと大きくなっていくのを感じる。あっという間にフル勃起して、女を貫ける形状になっていく。

（だっ、大丈夫なのか、俺……）

お別れの最終ラウンドに付き合うのはやぶさかではなかったが、この家を出ていく決心が揺らぎそうで恐ろしくなってきた。

（了）

＊本作品はフィクションです。作品内に登場する人名、地名、団体名等は実在のものとは関係ありません。

長編小説

わが家《や》は発情中《はつじようちゆう》

草凪《くさなぎ》 優《ゆう》

2024年9月9日　初版第一刷発行

カバーデザイン……………………………… 小林こうじ

発行所…………………………………… 株式会社竹書房
〒102-0075　東京都千代田区三番町8－1
三番町東急ビル6F
email：info@takeshobo.co.jp
https://www.takeshobo.co.jp
印刷・製本……………………… 中央精版印刷株式会社